조그맣게 살 거야

조그맣게 살 거야

진민영 에세이

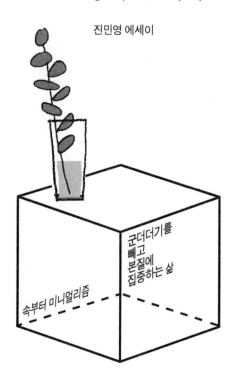

군더더기를
빼고
본질에
집중하는 삶

속부터 미니멀리즘

머리말

2014년, 나는 미니멀리스트의 삶을 경험했다. 중국에서 1년 간 지낸 기숙사 방은 좁은 데다 제대로 된 취사 시설도 없었다. 가구도 침대와 책상이 전부였다. 의도치 않게 생활 속 많은 일과들을 생략하고 바꿔야 했다. 하지만 간소한 삶이 체질에 맞는지, 결핍과 불편은 내게 가벼움과 자유로 다가왔다.

옷도 사지 않고 쇼핑도 하지 않았지만, 관리가 수월해져서인지 늘 새것처럼 말끔했다. 조리 도구도 취사 시설도 없었지만 냄비 하나로 만든 제한적인 요리는 건강하고 간편했으며 경제적인 데다가 쓰레기도 없었다. 지출이 줄어들면서 매달 여행을 갈 수 있게 되었다. 중국에서 나는 언뜻 보기에 결핍된 상태였지만, 그 어느 때보다 내 삶은 풍요롭고 우아했다. 기숙사에서 나와 귀국하는 날, 내 곁에는 1년 전 이곳을 오던 그날과 마찬가지로, 여행용 캐리어 하나가 전부였다.

한국에 돌아와 공부하기 시작했다. 내가 우연히 접한 이 '미니멀리즘'이 도대체 무엇인가. 내 삶이 충만한 행복으로 차올랐던 그 배경이 무엇이었는가. 자세하게 알고 싶었다.

미니멀리즘은 말한다. 지저분한 환경은 지저분한 삶을 만들고, 관리 안 된 물건은 관리 안 된 사람을 만든다고. 그렇다. 나는 내 삶조차 통제하지 못했던 사람이었다. 많은 물건을 가졌지만 어느 것 하나 소중하게 대하지 못한 나는 부유하지 않았다.

그렇게 듣고 읽고 배운 바를 조금씩 실천했다. 많은 물건들과 씨름하며 괴로움과 홀가분함 사이를 아슬아슬하게 줄다리기 했고, 놓아주기 힘든 물건들과 조금씩 결별했다. 시간이 필요한 물건은 충분히 시간을 줬다. 어릴 적 기억을 간직한 인형, 한때 손때가 까맣게 탈 만큼 자주 읽던 만화책과 소설책, 추억의 산물들은 서서히 감정적으로 거리를 두었고, 오랜 시간이 걸렸지만 마침내 떠나보냈다. 옷도 매일같이 입는 옷 몇 벌을 제외하고 모두 기부하고 처분했다.

3년 간의 다운사이징 끝에, 내가 사는 공간은 완전히 비워졌다. 가구 한 점 없다. 지금의 집으로 이사올 때, 이삿짐으로 접이식 소파와 거울, 밥솥과 약간의 옷가지를 챙겨 나왔다. 내가 사는 이 공간에서 나는 안락함과 만족감을 느낀다. 앞으로 물건이 조금 늘 수도 있고, 지금보다 더 줄어들 수도 있다. 또 언제든지 지금 당장이라도 가진 짐을 전부 처분할 의향도 있다. 어디로든 자유롭게 떠날 수도 있다. 미련이 남는 물건은 하나도 없다. 도둑이 든다 해도 아쉽지 않다. 가져갈 물건도 없지만 전부 도둑 맞아도 다시 사면 그만이다. 귀중품도 없고 비밀 일기장도 없다. 빈손으로 이 세상에 왔으니, 떠날 때도 철저하게 공수거다.

약 10개월이 넘는 기간 동안 꾸준히 비움과 간소한 삶, 가벼운 일상을 테마로 글을 써오고 있다. 시간이 흐르면 더 이상 나눌 이야기가 없어질 거라 생각했는데, 날이 가면 갈수록 미니멀리즘에 대한 나의 애정은 점점 더 깊어져 계속 할 말이 생긴다. 비움은 비단 물리적 소유물에만 적용할 수 있는 미덕이 아니다. 다양한 삶의 양상 어디에 가져다놓아도, 어색함 없이 조화로운 아름다움을 창조한다.

미니멀리즘을 통해, 나는 인생을 살아갈 철학을 튼튼하게 세웠다. 여전히 아무것도 없는 공간은 내게 매력적이다. 소유하지 않는 가벼움은 무엇과도 바꿀 수 없는 소중한 자산이다.

내 행복에 기여하는 일을 하며 살아도 사회를 밝게 바꿔갈 수 있다. 그 연결 고리가 바로 미니멀리즘이다. 더 많은 사람이 그 접점을 찾고 행복을 누리길 바란다.

진민영

차례

머리말

마치는글

1부

천천히 느리게

나무늘보의 삶이 좋다

나는 숨쉬듯 가볍게 느릿느릿 움직이는 나무늘보의 삶이 좋다. 시간에 쫓겨 헐레벌떡 숨가쁘게 이동하는 일도, 종종걸음도 싫다. 발이 아픈 구두도, 양손 가득한 짐도, 1분 1초를 다투는 조급함도 싫다. 시간을 풍족하게 누리면서 사는 삶이 진정으로 부유한 삶이라고 생각한다.

내가 하루 중 가장 좋아하는 시간은 푹신한 좌식 소파에 파묻혀 명상 음악을 틀어놓고 낮잠을 자는 시간이다. 이 때만큼은 삶에 대한 아무 생각도 하지 않는다. 나는 좀처럼 생각을 멈출 수 없는 병에 걸린 사람마냥, 뇌가 풀가동 상태다. 늘 생각과 고민이 많고 줄줄이 이어지는 잡념의 잔해들로 머리가 복잡하다. 그럴수록 내게는 비움과 느림의 미학이 더 절실해진다. 살림의 규모를 줄이고 생활을 간소하게 만든 이유도 느리게 살고 싶어서다.

집에 있는 동안 낮 시간에는 항상 불을 꺼놓는다. 밤에도 조명은 어둡게 유지한다. 어둠은 묘한 안정감을 준다. 주변을 온통 어둡게 만들고 소파에 비스듬하게 기대 앉아 음악을 듣고 책을 읽는다. 그러면 바삐 움직이는 세상 속 나를 둘러싼 이 작은 공간만큼은 시간이 멈춘 듯하다. 시간을 손으로 잡아 움켜쥔 느낌을 받는다. 소음과 속도로부터 분리된 채 정적을 음미하기 시작하면, 첫 모금은 어색해도 점차 중독성이 생겨, 일상에서 빼놓을 수 없을 만큼 중요해진다.

내가 누릴 수 있는 최고의 부는 '시간'

나는 삶의 속도가 많이 느리다. 밥도 느리게 먹고 걸음걸이도 느린 편이다. 의식적으로 느리게 먹고 느리게 걸으려 한다. 운동을 하거나 의도를 가지고 뛰는 경우를 제외하면 뜀박질도 거의 하지 않는다. 눈앞에 버스가 아슬아슬하게 지나가도 다음 버스를 탄다. 횡단보도도 초록불이 반짝거릴 때는 다음 신호를 기다린 뒤 건너간다. 에스컬레이터를 타도 가만히 서 있고, 엘리베이터를 타도 닫힘 버튼을 누르지 않는다.

약속을 잡으면 정해진 시간보다 한두 시간 일찍 나간다. 근처에서 시간을 보내다 편안한 마음으로 약속 장소로 느긋하게 간다. 이동 시간을 계산하지도 않는다. 차가 막힌다거나 예상치 못한 긴급 상황이 생겨 기다리는 사람을 생각하며 허둥지둥 불안해하지도 않는다. 불가피하게 늦는 경우도 거의 없다.

내가 누릴 수 있는 최고의 부는 시간이다. 시간이 많다는 사실 하나만으로 내 삶의 행복 지수는 뜨겁게 높아졌다. 스트레스는 줄고 발견할 수 있는 일상의 아름다움은 늘어났다.

기다리는 10분, 20분은 내게 무가치한 시간이 아니다. 나는 시간을 보내는 최고의 방법을 연마해왔다. 글을 쓰고 독서를 하고 음악을 듣는다. 어디든 자리잡고 앉을 공간과 책 한 권, 수첩 하나, 펜 한 자루만 있다면 몇 시간이고 시간을 소중하고 알차게 쓸 수 있다. 내가 두려운 건 시간이 족쇄가 되어 나를 몰아세우는 상황이다.

오늘 일은 오늘 정한다

나는 시계도 보지 않고, 형형색색 일정이 잡힌 스케줄러도 없다. 집에는 그 흔한 벽시계 하나 없다. 내일 해야 할 일도 없고, 정해진 일정도 없다. 버킷리스트도 없고, 연간 계획표도 만들지 않는다. 오늘 일은 오늘 일어나서 천천히 생각한다. 문득 좋아하는 책 향기를 맡고 싶어지면 서점에서 온종일 시간을 보내기도 한다. 배가 고파질 때쯤 집으로 돌아온다.

떠나고 싶어지면 버스를 탄다. 목적지도 없고, 돌아오는 시간도 계획도 없다. 순환 버스를 타고 빙글빙글 서울을 몇 바퀴씩 돌다가 날이 저물었던 적도 있다. 느닷없이 한반도 지형이 보고 싶어 겨울에 홀로, 세 시간 버스를 타고 영월에 간 적도 있다. 낯선 곳으로 여행을 떠나고 싶으면 생각이 든 순간 떠난다. 나의 충동과 본능을 외면하지 않는다. 항상 존중받아 마땅한 것이 순간의 기분과 행복을 추구할 자유다.

시간을 알차게 쓴다는 명분으로 속도를 강조하기 시작하면, 매순간 오감으로 느낄 수 있는 감상의 깊이가 떨어진다. 집중할 수 있는 에너지가 줄어 표정, 기분, 스치는 풍경을 세세하게 느끼고 담아낼 수 없다. 시간적으로 빈곤한 사람에게 여유란 절대 허락되지 않는다. 사람을 만나든 어딘가로 여행을 떠나든 그 모든 순간을 최대한 느끼고 싶다. 천천히 음미하고 녹여서 발효된 기억을 머릿속 앨범에 저장하고 싶다. 깊이 있는 감상에는 집중할 수 있는 군더더기 없는 환경과 여유로운 시간이 필수다.

팍팍하게 조여오던 일과가 빠진 자리는 텅 비어 있다. 그 시간은 버려지는 시간이 아니다. 무엇이든 하며 채워진다. 무얼 해야 할지 막막하기도 하지만, 아무런 계획도 없다는 사실이 꽤 설렌다. 무언가를 하며 보낸 어떤 시간보다 오히려 더 가치 있게 보낼 수 있다. 빈둥빈둥 게으른 시간이 나는 좋다.

바람의 향기와 공기의 온도를 느끼고 싶다

서울 한복판 카페 창가 자리에 앉아 가끔 행인들을 구경한다. 10명 중 8명은 누군가에게 쫓기기라도 하듯 바삐 걷고 있다. 앞을 응시하며 똑바로 걷는 사람보다 휴대폰 액정에 코를 박고 걷거나, 땅을 보고 고개를 숙인 채 발만 빠르게 움직이는 사람이 더 많다.

바람의 향기와 공기의 온도, 나뭇잎의 색깔, 시시때때로 미묘하게 변하는 길거리의 풍경을 온몸으로 느끼고 싶다. 천천히 걷고 느리게 생각하다 보면, 말수는 줄어들지만 웃을 일은 더 많아진다. 매일매일 행복하기란 쉽지 않지만, 내게 주어진 시간을 온전하게 누리며 살다 보면, 문득 행복함을 느낀다. 삶의 속도를 늦춘다는 것은 가끔은 일상의 흐름을 역주행하는 것이다.

얼마나 더 열심히 살아야 하는가

　언제부턴가 우리 사회는 열정을 지나치게 고평가하고 있다. 언제나 최선을 다해 살아야 한다고 말한다. 나는 특별히 무언가 열심히 하지 않는 삶도 그런 대로 좋은 삶이라고 생각한다. 열심히 사는 사람을 탓하는 게 아니다. 나도 꽤 열심히 사는 편이다. 그러나 사회적인 분위기를 의식해서 애써 열심히 사는 건 아니다. 그랬다면 금방 지쳤을 것이다. 나는 자아 발전 욕구가 강한 사람이다. 늘 무언가를 하는 이유는 그저 그게 좋기 때문이다.

　때론 아무것도 안 하면서 몇 날 며칠을 보내기도 한다. 그 시간은 결코 인생의 낭비가 아니다. 자괴감에 빠져 괴로워할 필요도 없다. 느릿느릿 흘러가는 시간 속에 대충 몸을 맡기며 사는 삶도, 훌륭하다고 생각한다.

매일같이 성취감을 느끼며 살아야 하는 삶은 사실 꽤 나 피곤하다. 빡빡하게 살다 보면, 권태로움도 그만큼 빨리 찾아온다. 열정과 영감도 충분한 휴식이 있을 때 빛나는 법이다. 여유가 없는 일상은 새로움을 창조할 여력도, 창의적인 상상력을 발휘할 에너지도 없다.

요즘 젊은 사람들은 무언가에 쫓기듯 아등바등 너무 열심히 삶에도 불구하고 패기가 없다, 헝그리 정신이 부족하다, 열정적이지 않다는 소리를 듣는다. 얼마나 더 열심히 살아야 하는가. 애초에 우리가 이 세상을 사는 이유란 주어진 시간을 풍족하게 누리며 행복하게 사는 것 아닌가.

시간은 곧 자유다. 시간이 없는 자는 자유를 박탈당한 노예다. 누구에게나 공평한 시간이라는 자유조차 정당하게 원하는 대로 누릴 수 없다는 것은 인간의 기본권이 무시된 격이다.

의문을 가져야 한다. 무엇 때문에 이렇게까지 열심히 사는 건지? 자아 발전이 행복을 준다면, 적당한 선에서 멈춰도 죄책감 따위 없어야 한다. 반드시 꼭 해야만 하는 일은 없다. 특별히 무언가 열심히 하지 않는 삶도 그런 대로 괜찮은 삶이다.

에어컨을 사용하고 싶지 않다

나는 지난 여름을 에어컨 없이 보냈다. 왠지 에어컨을 사용하고 싶지 않았다. 《전기 없이 우아하게》의 작가 사이토 겐이치로는 자발적 전기 결핍 생활을 하면서 다음과 같이 말했다.

"여름에 더위를 물리치기 위해 스위치 하나면 끝났다. 실내 송풍구에서 찬바람이 나오고 베란다 실외기는 윙윙 소리를 내며 방의 열기를 밖으로 내뿜는다. 실내 온도는 내려가고 땀도 식었다. 완벽한 나의 승리였다. 그러나 이제 그런 건 승리가 아니다. 내가 쾌적하게 살기 위해 전기를 펑펑 써댄 결과, 누가 희생양이 됐는지 알아버렸으니까."

　그 회생양은 원전 사고로 고향을 송두리째 빼앗긴 후 쿠시마 주민들이다. 이 한 문단이 이상하게 내 마음 한구석을 아프게 했다. 왠지 모르게 에어컨에 의존하지 않은 채 여름을 지내보고 싶은 도전 정신이 생겼다. 외출하면 온 세상이 냉방 중이다. 우리 집만큼은 에어컨으로부터 자유로운 공간이고 싶었다. 에어컨을 잠깐 동안 켜서 실내가 시원해질 수 있다는 점은 놀랍고 편리하다. 하지만 실내 온도만 시원해지는 걸로 끝나지 않는다. 실내 온도를 낮추기 위한 대가로 송풍기는 더운 열기를 바깥으로 뿜는다. 그 열기는 오존층을 파괴하는 CFC를 마구 뿜어냈다. 전기를 잡아먹는 괴물 같은 에어컨은 선풍기 몇 십 배의 에너지를 사용한다. 나 하나쯤은, 이번 한 번쯤이야, 하는 마음을 거두었다. 나부터 변해야 세상도 변하고, 설령 아무 일 일어나지 않더라도 변하지 않는 세상 앞에 당당하고 싶어졌다.

문명을 역주행한 짜릿한 기분

생각보다 에어컨 없는 생활은 꽤 만족스러웠다. 쾌적하지는 않았지만 다양한 삶의 지혜를 발휘하는 창의적인 시간이었다. 선풍기의 소중함을 다시금 깨닫는다. 집에 오면 어김없이 냉동실에서 아이스팩부터 꺼낸다. 옷은 린넨 소재를 입었다. 이불은 삼베 이불로 교체했고, 바닥에는 돗자리를 깔았다. 찬물 샤워를 즐기게 됐고, 창문을 활짝 열어 자연 바람을 최대한 살리려고 노력했다.

우리 집에도 에어컨이 버젓이 있다. 고생을 사서 하나고 할 수도 있다. 나는 실외 온도가 30도가 넘어갈 때조차 한 번도 에어컨을 켜지 않았다. 나 자신과의 싸움이었고, 에어컨 앞에 굴복하고 싶지 않았다.

나는 조금씩 땀에 익숙해졌다. 더울 때 흐르는 땀줄기를 아무렇지 않게 받아들였다. 추우면 소변이 마렵고, 더우면 온도 조절을 위해 몸에서 수분을 배출한다. 너무도 당연한 이치다. 자연스러운 신체의 온도 조절을 이제는 더 이상 인위적으로 손대지 않기로 했다. 줄곧 땀 한 방울 흘리지 않고 보낸 숱한 여름이 생각난다. 겨울에도 집에서 나시티와 반바지를 입고, 여름에는 가방 속에 겉옷을 넣어 다닌다. 인간은 눈보라가 몰아치는 지구의 양끝에서도 생존하고 적도의 이글거리는 열기 속에서도 살아간다. 극단적인 더위와 추위조차도 강인한 생존력으로 이겨내는 게 인간이다. 언제부터 이렇게 나약해졌을까. 언제부터 문명이라는 도구에 기대어 인간이 가진 최고의 기능을 나서서 퇴화시켰을까.

냉방을 하는 공공 기관, 건물, 대중교통의 찬바람이 어느 때보다 강하게 느껴졌다. 인위적인 냉난방에 익숙해진 만큼, 자연의 더위와 추위에는 쇠약해진 탓이다. 나는 오로지 나의 체력만으로 버티고 싶었다. 더위가 한풀 꺾인 지금 왠지 모르게 입꼬리가 올라가는 뿌듯함이 밀려온다. 에어컨 없이 여름을 났다는 사실은 홀로 느끼고 나만 아는 기억이지만, 세상 앞에서 당당해진다. 어깨에 힘이 잔뜩 들어간다. 문명을 역주행한 이 짜릿한 기분이라니! 강해진 내 모습을 마구마구 자랑하고 싶어진다.

　나는 에어컨 없이 생활하면서, 내가 가진 신체의 기능을 최상으로 끌어낼 수 있었다. 한결 시원해진 날씨가 못내 아쉽기까지 하다.

누군가 보이지 않는 곳에서 대가를 치른다

물건은 저렴하고 구매는 간편하다. 새로운 물건을 소비만 할 뿐, 기존에 있던 물건에 대한 처리는 미지의 세계다. 의도적으로 수명을 단축시켜 물건을 저품질로 만들고, 유행을 앞세워 멀쩡한 물건을 폐품 취급하고, 물건을 진득하게 쓰는 사람을 촌스러운 사람이라 비웃고 박탈감을 주기도 한다. 우연인 듯 자연스럽게 보이지만, 이 모든 일은 사실 계획된 자본주의의 실체다. 애초에 물건이 단순히 낡았다는 이유로 버린다는 사고방식부터가 조작된 개념이다.

물건이 만들어지는 시작점은 어디일까. 손쉽게 얻을 수 있는, 값싸고 보기에도 그럴싸한 이 모든 물건들은 어디서 왔고 어떻게 만들어진 걸까? 바로 자원의 착출과 인간다움의 상실이다.

물리적 형태를 지닌 그 어떤 소비재도 자원을 필요로 한다. 70억 인구의 삶을 책임지는 지구라는 터전은 물건이 하나씩 만들어질 때마다 그 희생을 감내해야 한다. 지구의 자재는 무한하지 않다.

게다가 기업들은 이윤을 극대화하기 위해 가격 경쟁력을 앞세워 상품의 가격을 낮추고 또 낮춘다. 그 저렴함은 무상으로 주어질까? 누군가 보이지 않는 곳에서 대가를 치른다. 얼음이 녹아 익사하는 북극곰이, 학교를 포기하고 석탄을 캐는 소년 소녀 들이, 플라스틱을 먹고 기도가 막힌 거북이들이 대가를 치른다. 외출 시 마스크를 쓰고, 비싼 돈을 지불하고 식수를 마시게 될 우리 후손들이 치르게 될 희생이다.

무언가를 사고 또 버리기 전에, 한 번 더 생각하고 질문하는 일은 어렵지 않다.

2부

작고 가볍게

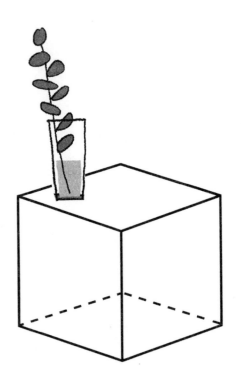

속이 비워지는 시간은 진정으로 행복하다

나는 부족함, 결핍이 좋다. 혼자 있는 공간, 공복, 모두 얼핏 보기에는 결핍이다. 무언가 풍족함과는 반대되는 결여된 상태다. 하지만 나는 결핍이 진정한 평화이자, 나를 진심으로 행복하게 하는 이상이라고 생각한다.

나는 종종 단식을 한다. 아예 속을 비우기도 하고, 사과나 오이같이 간편한 음식을 먹어 속을 가볍게 만들기도 한다. 속이 답답한 상태는 불쾌함을 유발한다. 속이 비워지는 시간은 진정으로 행복하다. 몸이 비워지면서 가장 먼저 나타난 변화는 내면의 평화다. 마음이 비워지고 아무것도 들어오지 않는 고요함은 몸도 정직하게 느낀다. 가벼워진 몸 뒤에 얻은 깨달음은 때로 결핍 앞에서는 중용도 부질없음이다. 확실하게 결핍의 미학을 느끼고 싶다면, 중용이 아닌 극단의 궁핍을 경험해봐야 한다. 소식이 아닌 절식, 절언이 아닌 묵언, 고요함이 아닌 정적, 작은 행동이 아닌 없는 행동.

공복 상태는 황홀한 기분을 선물한다. 구석구석 붙어 있던 잉여 영양분이 빠져나가고, 독소가 배출돼 몸도 마음도 홀가분해진다. 빈속에 나는 더 또렷하게 생각하고 조리 있게 말한다. 표정은 온화해진다. 비어 있는 허전함은 서점에서 책향기를 맡으며 채우기도 했고, 가만히 누워 명상 음악을 들으면서 달래기도 했다. 글을 쓰면서 내면을 닦는다. 공복 상태일 때 나는 강하게 집중할 수 있고, 맑게 생각할 수 있다. 질문에 현명한 답을 내릴 수 있다. 음식을 먹으면서 느낀 그 어떤 포만감보다 금식은 더 나를 풍족하게 만든다.

공복으로 보낸 밤은 아름다웠다. 짜증은 줄고, 어떤 상황에도 초연했다. 울려퍼지던 꼬르륵 소리도 잦아들면서 머릿속은 개운하고 뽀드득 소리가 날 만큼 깨끗해졌다. 단식은 나의 마음을 정돈하고 영혼을 맑게 하는 시간이다. 몸을 돌보는 효과를 넘어서 마음이 정돈되고 정신이 맑아진다. 단식을 정기적으로 실천하다보면 육체적으로 활력이 넘친다. 명상이 정신의 휴식이라면, 단식은 육체의 휴식이다.

디지털 디톡스를 실천한다

우리는 마치 머리 위 작은 와이파이 모양의 더듬이라도 달린 것마냥, 눈을 뜨고 감는 순간까지 인터넷에 연결되어 있다. 끊임없이 누군가와 연락을 주고받고, 시시때때로 반응해야 할 암묵적 의무감에 시달린다. 벽을 타고 연결된 작은 선으로 끊임없이 정보가 쏟아진다. 종종 이 연결 고리가 나를 옭아매는 족쇄 같다고 느낀다. 언제든 연락할 수 있다는 편리함은 항시 연락을 대기하고 있어야 하는 책임을 수반한다. 그래서 온라인 상태로 오래 지내면 그 피로감이 상당하다.

스마트폰이 보급된 이후 우리는 빼도 박도 못하는 '자리 지킴' 상태다. '자리 비움', '오프라인', '업무중' 도

'부재중'도 그 어떤 상태 표시도 없다. 휴대폰은 항상 켜져 있고, 늘 몸에 지니고 있다는 사실은 공공연하게 암묵적으로 모두가 동의한 바다. 온라인 세상과 오프라인 세상이 너무도 긴밀하게 연결되어 있어, 부담스러울 정도로 가까이 곁을 맴돌고 있다. 그래서 나는 의도적으로 인터넷을 소등한다. 컴퓨터도, 인터넷도, 휴대폰도 어떤 전자 통신 기기와도 스스로를 단절시킨다. 전원은 끄고 코드는 뽑는다.

인터넷은 흡입력이 강해서 스스로 통제력 있게 다루지 않으면, 금세 밀려드는 수만 건의 정보와 흥미 요소들에 매몰된다. 중독이 되고 빠져나오기가 쉽지 않다. 그래서 나는 문명의 자발적 가난을 강조한다. 때때로 인터넷과 전자 통신 기기로부터 궁핍해질 필요가 있다.

인터넷과 전자 통신 기기도 도서관에서 자료 찾아보고 다 보면 반납하고 제자리에 돌려놓듯, 정리해서 스위치를 끈다. 잘 사용하면 무기가 되지만 남용하면 요물이 되므로. 컴퓨터와 인터넷은 시간을 정해놓고 그 외에는 사용하지 않는 것이 나의 철칙이다.

휴대폰은 아마 문명 사회 이후 소 다음으로 가장 많이 혹사당하는 대상 중 하나일 것이다. 구입한 날부터 배터리가 꺼지지 않는 이상, 자발적으로 전원을 끄는 경우는 손에 꼽을 만큼 적다. 휴대폰의 수명이 괜히 짧은 게 아니다. 나는 잠자기 전 모든 전자 통신 기기의 전원을 끈다. 컴퓨터도 태블릿 PC도 필요한 업무를 마치면 끈다. 사용할 목적이 정해져 있지 않다면, 전자 통신 기기는 항상 취침 모드다.

평상시에 집에서는 인터넷도 거의 사용하지 않는다. 휴대폰도 저녁 10시 이후 꺼놓는다. 노트북은 웬만하면 와이파이가 있는 카페나 학교 도서관에서 이용하고 평상시에는 케이스 안에 보관한다.

휴대폰도 저렴한 요금제를 사용 중이라, 데이터는 월 550MB 한정이다. 이마저도 거의 사용하지 않는다. 휴대폰으로는 아무것도 하지 않는다. 평상시 밖에 나가도 휴대폰을 확인하지 않는다. 문자를 보내거나 전화를 하고, 음악을 듣고 메일을 확인하는 용도가 전부다. 앱도 깔려 있지 않고 페이스북, 트위터와 같은 SNS도 하지 않는다. 게임도 하지 않는다.

미니멀리즘을 실천하는 모습을 시각 자료로 기록하기 위해 인스타그램을 앨범으로 쓰고 있지만 누구도 팔로우하고 있지 않다. 개인적 사생활을 오픈하거나 타인의 사생활을 좇는 용도로 사용하지 않는다. 나는 유연하지 않은 사람이라, 분명 SNS를 했다면 소셜 미디어 속을 허우적대며 시간을 탕진할 것이 뻔하기에, 처음부터 시작조차 하지 않는 편을 택했다.

이마저도 10시 이후에는 취침 모드에 들어간다. 알람을 따로 사용하지 않기 때문에, 어차피 자는 동안 휴대폰은 무용지물이다. 진짜 세상을 살아야 할 시간을 벌기 위한 나의 의도적 노력이다. 사람을 만나고 운동을 하고, 책을 읽고, 글을 쓰고 산책을 하고 음악을 듣고 집안일을 하기에도 하루가 부족하다.

온라인 세상과 거리를 두고 디지털 단식을 실천하면 머리가 맑아 스트레스가 없다. 촉박함도 조급함도 없다. 생각해야 할 일도 없고, 정리해야 할 정보도 없기 때문에 머릿속이 늘 개운하다. 주변 지인들도 이미 이런 내 모습에 익숙해진 분위기라 답장이 느리고 연락이 닿지 않아도 그다지 신경 쓰지 않는다. 어차피 때가 되면 연락을 먼저 한다. 항시 연락을 유지하고 기다리고 반응해주지 않아도 되니 스트레스가 덜하다. 또 업무의 생산성이 높아진다. 주의를 잡아끄는 온갖 방해 요소가 없으니, 시간이 많아진다. 하루만 오프라인으로 지내봐도 하루가 정말 느리게 흘러감을 알 수 있다.

인터넷이 항상 연결되어 있다는 사실은 결코 당연한 일이 아니다. 항시 온라인 대기 상태는 스스로를 노예로 만드는 지름길이다. 우리에겐 연결하지 않을 자유도 있다. 그 선택은 우리에게 달렸다. 처음에는 어색해도 시간이 지나 익숙해지면 휴대폰을 켜고 인터넷을 연결하는 일이 꽤 성가신 일이라는 것을 알게 된다.

사복의 제복화

　사복의 제복화를 실천한, 내가 아는 최초의 인물은 스티브 잡스였다. 그는 매번 같은 복장을 고수했다. 회색 스니커즈, 검정 터틀넥, 긴 청바지를 언제 어디서든 예외 없이 입고 다녔다. 마치 만화 영화 속 캐릭터들이 늘 같은 머리 스타일과 한 가지 복장을 입고 등장해, 인물의 이미지가 머릿속에 각인되듯, 검정 상의와 청바지 차림 모습도 스티브 잡스 그 자체가 되었다.

　문득 든 생각이지만 옷은 아무리 많이 사도 끝없이 우리에게 불만족을 준다. 간절하게 원해서 손에 얻어도 한 계절이 지나면 눈에 익숙해지고, 편안하게 몸에 익으면 또다시 새로움을 찾게 만든다. 그렇게 입고 버려지는 옷이 매년 수북이 쓰레기장에 쌓여 처리되지 못한 채 의류 수거장을 전전한다. 밑 빠진 독처럼 아무리 채워도 차지 않는 독에 물을 부어 넣는 미련한 행동을 나는 관두고 싶어졌다. 나는 고갈되지 않는 충만함을 느끼는 인생을 원한다.

나는 이렇다 할 스타일도 없고 패션 동향을 쫓지도 않는다. 마음에 드는 옷은 밝은 색상 어두운 색상 하나씩 사고, 디자인은 기본형, 색상은 무채색만 고집한다. 해지고 낡으면 같은 매장에서 비슷한 것으로 다시 산다. 옷의 가짓수는 몇 벌 안 되지만, 모든 옷이 예외 없이 어디에 걸쳐도 어울리는 무난함을 지녔다.

매번 같은 옷을 입어도 늘 세제 냄새가 폴폴 나면서 옷깃이 빳빳하게 다림질 되어 있다면, 도리어 깔끔한 인상을 만든다. 나는 옷에는 큰돈을 들이지 않지만 운동으로 신체를 단련하고, 피부와 정신 건강을 위해 아낌없이 투자한다.

중요한 건 가진 옷을 어떻게 관리하느냐지, 얼마나 다양한 옷을 입느냐가 아니다. 매일 다른 옷을 입어도 실상은 누구도 눈치 채지 못하는 게 현실이다. 남자 친구조차 바뀐 머리 스타일을 알아차리지 못해 언쟁하기 일쑤인데, 하물며 타인이 내가 오늘 무슨 귀걸이를 착용했는지,

앞머리를 내렸는지 올렸는지 관심을 가질 리 없다.

결국 사람의 인상을 좌우하는 건 그 사람의 말투, 청결, 몸가짐, 표정 등이다. 옷이 날개라는 말이 있다. 무엇을 입었는지에 따라 자신에 대한 평가가 달라질 수 있다고 생각할 수도 있다. 하지만 단언하건데, 본질이 변하지 않는 한 옷으로 날개를 달았다고 한들 천사가 되지는 않는다. 사람들은 멋진 사람을 좋아하지, 멋진 옷을 입은 추레한 사람을 좋아하지 않는다.

자신에게 잘 어울리는 색깔, 옷의 실루엣을 아는 것은 중요하다. 체형의 단점을 보완하고, 얼굴빛을 살려주는 옷을 입으면 확실히 긍정적인 효과가 있다. 하지만 딱 거기까지다. 자신이 잘 소화할 수 있는 최상의 스타일을 찾았다면, 그 이상 옷에 기대어 스스로를 치장하는 오래된 방식을 버려야 할 때다.

옷이 아무리 많아도 우리가 입을 수 있는 옷은 한정적이다. 매일 다른 옷을 입는다면, 365일 80년을 더해 2만 9,200벌을 입어야 한다. 터질 듯한 옷장이 연상되고 머리가 지끈거리는 숫자다. 한평생 매일 다른 옷을 입는다고 나의 가치가 올라가지 않는다. 쓰레기만 늘어나고, 쇼핑의 굴레 속에 빠져, 매일같이 불어나는 감당 못할 카드빚에 허리만 휜다.

사복의 제복화를 몸소 실천한 스티브 잡스는 자신이 가치롭게 생각하는 일에 집중하기 위해 선택의 가지치기를 했다. 그 결과 아침에 옷 고르는 시간조차 가치로운 일에 방해가 된다는 판단을 했고, 과감하게 단벌 생활을 감행했다.

하지만 그 누구도 스티브 잡스의 복장에 관해 이러쿵저러쿵 잔소리하지 않는다. 오히려 그는 개성으로 반짝반짝 빛이 나고, 전 세계 수억 명의 삶을 바꾼 혁신을 일궜다. 그리고 세계에서 가장 성공한 혁신가이자 젊은 기업가들이 선망하는 롤모델이 되었다. 이렇듯 사람의 가치는 입고 있는 옷, 두른 값비싼 액세서리로 정의할 수 없다. 왜냐하면 그건 누구나 할 수 있는 일이기 때문이다. 돈을 벌고 빚을 내면 누구나 옷을 사고 스스로를 꾸밀 수 있다. 하지만 고유의 창의성, 통찰력, 재능, 강인한 체력, 신체와 정신의 아름다움은 돈 주고 살 수 없고, 신용 카드 몇 번 긁는 일로 해결되지 않는다. 꾸준한 노력과 몰입, 축적된 시간이 빚어내는 자질들은 그 어떤 가치보다 과정이 쓴 만큼 나를 더 빛나게 한다.

나는 수납이 싫다

'미니멀리스트'라 하면 사람들은 대개 수납과 정리의 달인일 거라는 오해를 한다. 하지만 나는 수납도 정리도 젬병이고, 사실상 청소조차 겨우 하는 초보 중 초보다. 내가 사는 공간을 정갈하게 유지하는 결정적 노하우는 적은 물건에 있을 뿐이다.

내게 간혹 정리법, 수납법을 묻는 사람들이 있다. 그럴 때면 나는 특별한 정리법 같은 건 없다고 답한다. 물건도 귀소 본능이 있어서, 자신의 자리만 잘 기억하면 그 자체가 곧 정리다. 정리는 기술이 필요한 게 아니다. 모든 물건은 제자리가 있고 사용한 물건을 본래의 자리에 돌려놓는다는 법칙 하나만 기억하면, 집은 결코 어질러지지 않는다.

모든 정리의 기본은 '비움'이고 그 시작은 '버림'이다. 매일 쓰는 생필품부터 '없으면 생활이 안 되는 물건'만으로 간추린다. 옷, 책, 욕실 용품, 품목별로 손이 많이 가는 순서로 나열해보고, 사용하지 않는 물건은 과감하게 처분한다.

제 아무리 훌륭한 수납함이나 정리 도구도 문제를 본질적으로 해결해주지는 못한다. 정답은 물건 줄이기다. 해답은 가벼운 소유의 무게에 있다. 공간 대비 지나치게 많은 인풋이 정리를 방해하는 주범이다. 정리를 태생적으로 못하는 사람도 물건을 줄이겠다는 마음가짐만으로 영구적 정리가 가능해진다.

서점에 가면 수납의 법칙, 정리의 원칙 등에 관한 책들이 많이 있다. 도표와 온갖 사진 자료, 아기자기한 그림까지 곁들여서 친절하게 설명하지만, 나는 이런 것들을 기억하자고 미니멀리스트가 된 게 아니다.

나는 수납이 싫다. 용도별로, 상황별로, 이름표를 붙이고 칸을 나누고 섹션마다 자잘한 구분을 하는 것도 싫다. 동선을 고려한 과학적 물건 배치법과 수납법을 기억하고 싶지도 않다. 나는 수납이 싫었기에 수납할 만한 싹 자체를 잘랐다. 웬만큼 자주 쓰는 물건은 사용하는 위치에 그대로 두어도 지저분하지 않다. 그만큼 물건이 없기 때문이다. 물건을 담는 용도로 쓰이는 그 어떤 것도 소지하지 않는다. 흔히 쓰는 수저통, 화장실에 놓인 컵, 칫솔 꽂이도 없다. 수세미는 설거지를 자주 하는 만큼 오픈된 장소에 두면 잘 마르고 칫솔도 마찬가지로 수납하지 않고 그대로 놓아두면 물기가 금세 마른다.

물건 또한 생명이 있다고 생각한다. 하루 종일 답답한 박스 안에 갇혀 있다고 생각하면 숨이 쉬어지지 않는다. 양말이나 속옷도 접거나 수납하지 않는다. 작은 라탄 바구니에 그대로 펼쳐서 차곡차곡 개어놓는다. 서랍 속에 넣어두거나 뚜껑이 있는 수납함에 보관하지도 않는다. 뼈대가 보이는 가구가 방 안 기류를 원활하게 회전시킨다. 담긴 물건도 공기 순환이 잘 되면 그만큼 생기가 돈다.

수납 도구도 결국 물건에 지나지 않고, 물건이라면 그 어떤 것이든 종류 불문하고 쓰임이 명확해야 한다고 믿는다. 수납함도 모이면 '짐'이 된다. 집안은 온갖 수납함과 박스들로 넘쳐날 것이다. 지저분함을 피하려고 물건마다 집을 만들어주면 그 집이 결국 또 다른 짐이 되어 새로운 지저분함이 생겨난다. 박스 안에 가두든 펼쳐놓든,

결국 공간을 차지하기는 매한가지다. 수납을 어떻게 할까 궁리하기보다 수납 자체가 무의미해질 만큼 필요한 물건만 남기는 방법을 연구하는 게 더 효과적이다.

정리 스트레스로부터 스스로를 해방하자. 지금이라도 사용하지 않는 물건, 마음에 들지 않는 물건을 떠나보내고, 정신적 자유와 빈 공간이 주는 물리적 자유를 경험해보자.

물건을 사지 않는다

나는 소비에 대한 아주 뚜렷한 철학을 가지고 있다. 오직 계획된 쇼핑만 한다.

소비를 사치라고 생각하지 않는다. 현대 사회에서 소비는 죄악이 아니다. 오히려 미덕이 된다. 나의 경우 물건을 사지 않을 뿐, 경험 소비에 있어서는 매우 적극적인 편이다. 내가 물건을 사지 않는 이유는 개인적인 배경과 사회적인 배경 모두를 포함한다. 성취와 성장이 있는 삶이 내가 추구하는 이상적인 삶이고, 물건은 이 과정에 불필요하다고 판단했다. 또한 살아가는 이 땅에 최소한의 발자국만 남기고 싶다는 것이 그 사회적인 이유다.

사실 요즘 세상에서 소비하지 않고 산다는 사실은 어

색하기 짝이 없는 일이다. 자신의 소비가 지극히 의식적이고 의도적이라고 생각할 정도로, 소비와 마케팅은 우리 삶 속 구석구석까지 침투해 있다. 세상은 아무것도 사지 않는 내게, '정말 아무것도 안 살 거야?'라고 오늘도 속삭인다.

외출을 하고 집에 돌아오면, 항상 두 손 가득 무언가가 들려 있고, 텔레비전을 보면서 나도 모르게 홈쇼핑에서 판매하는 저 물건을 주문하고, 인터넷을 켜면 자연스럽게 즐겨찾기 해놓은 쇼핑몰을 전전하며 이 옷과 저 가방들을 사 모은다. 그리고 이러한 행동에 그 누구도 의심을 품지 않는다. 늘상 하던 일이고, 또 '필요'에 의한 구매는 지극히 자연스럽고 합리적인 선택이기 때문이다.

과거에 친구들을 만나 밥을 먹고 차를 마시면 통과 의례처럼 시내 구경을 했다. 먹은 음식 소화도 시킬 겸 '아이 쇼핑'은 우리의 만남 속 코스처럼 정해져 있었다. 그리고 무언가를 반드시 사야 한다는 생각을 은연중에 버릇처럼 드러냈다.

'그냥 집에 가기 아깝다.'
'뭐든 오늘 꼭 하나 건지고 간다.'

'결국 아무것도 못 샀다. 하지만 이대로 집에 갈 수는 없다.'

다시 말해, 필요해서 사는 게 아니라, 사야 해서 필요를 만드는 격이었다. 물론 나 또한 이 같은 사실에 의구심을 품지 않았다. 여행을 가면 무엇이든 사야 한다는 무언의 압박감에 사로잡혀, 마지막 날 부랴부랴 발품을 팔며 물건을 사재꼈다. 하지만 언젠가부터 왜 어딘가로 간다는 사실이 반드시 '소비'를 동반해야 하는지에 대한 의문이 들었다. 아마 물건을 줄이고 공간을 비우면서부터인 것 같다.

가진 물건들을 처분하면서 그간 느껴보지 못한 가벼움을 경험했다. 그리고 바람이 잘 통하는 이 공간을 지켜내고 싶었다. 하지만 사람들은 대부분 집을 깨끗하고 아름답게 유지하는 데는 관심이 많지만, 영구적으로 집 안을 어떻게 뼛속까지 가꿀지에 대해 더 깊은 사고를 하지는 않는다. 소비를 자주 하면 할수록, 공간을 가꾸기는 쉽지 않다.

대부분 이런 상황을 마주하면 사람들은 두 가지 선택을 한다. 집의 크기를 늘리든지, 물건을 버리든지. 하지만 소비를 하지 않는다는 선택지는 고려 대상에 없다. 지금은 자연스럽지만, 나 또한 소비하지 않는 자신이 아주 어색했다. 1년 정도 의식적으로 소비하지 않고 단련하다 보니, 지금은 피부처럼 내 정체성이 되었다. 지금은 물건을 사지 않는다는 사실이 내게 자연스럽지만, 여전히 이 사회에서는 주류가 아니다. 하지만 내가 눈치볼 이유는 없다. 눈치봐야 할 대상은 계획된 쇼핑만 하는 내가 아닌, 사회적 조류에 휩쓸려 무언가를 사야만 스트레스를 보상받고, 자신의 가치를 인정받을 수 있다는 잘못된 사고방식에 갇힌 주류 사회다.

'내가 이렇게 고생해서 돈을 버는데, 보상받을 쇼핑 정도는 할 수 있지 않는가.' 라고 묻는다면, 나는 그 고생을 더 영구적으로 보상할 수 있는 진실된 소비를 하라고 일깨우고 싶다. 나의 집에는 더 이상 물건이 쌓이지 않는다. 물건을 살 때는 여전히 계속해서 묻고 또 묻는다. 필요한가? 그렇다면, 그 필요는 진짜 '필요' 가 맞는가? 그리고 내가 주장한 그 필요를 몇 번씩 심문하고 또 검열한다. 필요라고 느끼는 나의 허황된 착각은 아닌지, 가지고 싶다는 충동적인 욕망은 아닌지, 남들이 다 가졌다는 이유가 필요를 만든 건 아닌지.

그렇게 의식적인 나의 질문은 필터가 되어, 수많은 '필요'라는 포장을 두른 허상 같은 소비를 걸러낸다. 대부분 내가 필요하다고 강하게 주장했던 물건들은 진실된 '필요'가 아니었으며, 대다수의 경우 사실 쓰레기에 더 가까웠다. 그러다보니, 서서히 정기적으로 사는 물건은 그 종류가 일관성을 유지하게 됐고, 나는 쇼핑하는 횟수가 점점 더 줄었다.

생활 방식은 하루 아침에 변하지 않는다. 그리고 생활 방식이 변하지 않으면 구입하는 물건 또한 변할 수 없다. 우리의 공간은 자신의 생활 방식을 반영한다. 그리고 생활 방식과 소유한 물건은 닮는다. 필요한 물건은 이미 다 갖추고 있다. 살면서 불편하다고 느낀 순간이 있다면 그건 단지 게을러서일 때가 많다.

물건을 사는 것은 당연하지 않다. 그러나 그 시간이 1년 이상 쌓인 내게도 쉽지 않은 일이다. 늘 같은 물건을 산다는 사실은 재미없는 일이기도 하다. 하지만 '소비'와 '절충'은 어울리지 않는 단어다. 적당히 타협하면 소비를 내 것처럼 부릴 수 없다. '이 정도쯤이야.' '한동안 물건 안 샀으니까 이맘때는 좀 사도 돼.' 소비를 하지 않는 것은 근신 처분이 아니다. 삶의 근간이 될 기둥이 되어야 한다. 단기적으로 소비 단식을 하는 행위는 다이어트 하겠다고 1, 2주 허리띠를 졸라매는 것과 같다. 며칠 굶으면 그 세 배, 네 배의 음식을 더 갈망하게 된다. 자제하고 욕구를 억누르는 것은 의지의 문제가 아니다. 몸은 정직하게 스스로를 지켜내기 위해 본능을 충실하게 따르는 것이다. 익숙했던 습관으로 돌아가는 것은 생존 본능이다.

전문가들이 숱하게 이야기하듯, 다이어트는 습관과 생활 방식의 변화라고 말한다. 소비 또한 마찬가지다. 생활을 대하는 나의 태도 자체를 바꾸지 않으면, 영원히 소비의 노예가 될 수밖에 없다.

우리에게는 소비하지 않을 자유 또한 있다. 그 자유는 스스로 찾지 않으면 영원히 맛볼 수 없다. 나 또한 이 자유가 존재하는지조차 몰랐다. 소비를 하지 않는다는 선택지는 애초에 없다 생각했다. 그러나 지금 무엇도 사지 않고, 무언가를 살 때 끊임없이 질문하는 이 행위는 삶을 바라보는 나의 관점을 바꿨다.

저렴한 다이소가 좋다

　나는 다이소를 종종 이용한다. 이마트 노브랜드도 즐겨 이용한다. 이유는 단순하다. 저렴하고 한 자리에서 필요한 물건을 전부 구입할 수 있기 때문이다. 내게 쇼핑은 그런 존재다. 필요한 물건을 최단시간에 최소한의 에너지를 들여서 구입하는 것. 효율을 극대화하는 미션쯤 되겠다. 필요한 생필품은 인터넷 최저가를 산다.

　미니멀 라이프를 검색하면, 발뮤다, 무인양품, 유기농이 꼬리표로 따라붙는다. 천연 섬유나 유기농은 환경과 건강 측면에서 보면 이보다 훌륭한 게 있을 수 없지만, 주머니 사정이 넉넉하지 않고, 물건 하나 때문에 먼 곳까지 가야 하는 수고를 들이는 일이 가끔은 무의미하게 느껴진다.

웬만한 물건은 다이소에서 전부 판다. 나는 저렴한 게 좋다. 미적으로 아름답지 않아도 충분히 오래 쓸 수 있다면, 절약을 최고의 미덕으로 여긴다. 화장품도 로드샵 브랜드를 쓴다. 제품도 충분히 양질이고 저렴하기까지 하다. 물잔은 물잔으로서의 기능에 충실하면 되고, 램프는 불을 잘 밝히면 된다. 내 성격과 스타일을 반영하면 좋지만, 경제적 허용 범위를 넘어서면서까지, 삶의 아름다움을 추구하고 싶지는 않다. 아름다운 삶이 꼭 아름다운 물건에서 나오는 것은 아니다.

감각적이고 티 없이 완벽한 인테리어 사진으로 미니멀 라이프를 소개하지만, 모든 사람의 일상이 과연 저렇게까지 완벽할 수 있을까? 일상 자체가 잡지 사진처럼 깨끗하고 군더더기 없을 수 있을까? 샴푸, 세제, 생활 용품을 투명한 유리병에 담아 진열하고, 전시장 같은 집을 가져야 미니멀 라이프가 아니다. 색감이 다소 촌스럽고 통일감이 없어도, 꼭 필요한 단출한 세간살이를 가진 사람이라면 그는 명백한 미니멀리스트다.

좋은 물건만으로 치장한 집은 예쁜 사진을 남길 수는 있지만, 미니멀 라이프를 동경하는 사람들에게 잘못된 인식과 소외감을 심어준다. 왜 미니멀 라이프는 감각적인 이미지가 항상 함께하는 걸까? 나 또한 종종 헷갈린다. 대체 사진 속 모습이 외치는 미니멀 라이프는 무엇을 말하고 있는 걸까?

우리 집은 무인양품 제품도 없고, 이케아 가구도 없다. 원목 옷걸이를 사용하지도 않는다. 세제, 샴푸, 치약은 유기농은커녕 제일 저렴한 걸 쓰고, 빨래 건조대는 인터넷 최저가로 샀으며, 다림질할 때 쓰는 분무기는 다이소에서 샀다. 집에 조리 도구도 없고 법랑 냄비도 없다. 숟가락 젓가락이 원목도 아니고, 플라스틱 제품도 있다. 그밖에 물건 대부분이 다이소, 동네 수퍼, 노브랜드 출신이다. 옷은 지하상가, 스파 브랜드에서 산다.

색상을 통일하면 보기 좋은 건 확실하다. 하지만 물건을 사는 매순간마다 색상을 통일해야 한다는 기준을 내세우고 싶지 않다. 어떻게 하면 물건을 사지 않을까를 고민하지, 아름다운 집을 연출하는 데 시간을 쏟지는 않는다. 그래도 나는 내가 미니멀리스트라는 점에 한 치의 의심도 없이 자부심을 가지고 있다. 플라스틱이든, 나무든, 다이소든, 마트 제품이든 사면 평생 쓴다. 망가질 때까지 쓰고, 매일 소중하게 관리한다. 다이소냐 마트냐 백화점

이냐가 중요한 게 아니라 없이 살아볼 수 있을 때까지 지내보는 게 내게는 올바른 미니멀리즘이다. 불편함이 평온함과 자유로 다가오면, 그 불편함을 지속하고 결핍을 즐긴다. 불편함이 스트레스와 피로감으로 이어지면, 그땐 물건을 산다. 마찬가지로 최저가와 인터넷을 먼저 보고, 상품평을 보고, 다음으로 옵션 중 무채색이 있다면, 회색이나 검정을 산다.

얼마 전 집을 나와 독립을 했다. 이불이 필요해 진한 회색의 차렵이불을 샀다. 엄마는 멋도 없이 시커먼 이불을 샀냐고 핀잔을 주셨다. 내게 이불은 잘 때 덮을 용도 그 이상도 이하도 아니다. 애매한 두께를 고른 이유도 사계절 내내 사용하고 싶어서다.

물건을 고르는 기준은 관리의 편리성이 우선이다. 제아무리 고급스러운 양품일지라도, 단순한 생활에 방해가 된다면, 나는 사지 않는다. 진한 회색을 산 이유도, 때가 잘 타지 않고 관리가 쉽기 때문이다. 또 가볍고 수납이 용이한 제품을 산다. 그래서 접이식이나 이중 활용이 되는 물건을 선호한다.

미니멀리스트로 소개되는 SNS의 세련된 인테리어 사진들에 비해서 사진발은 못 받아도 나는 접이식 가구를 선호한다. 사진에 찍힐 때 감각적인 맛은 없어도, 작고 가벼운 제품을 고른다. 언제든 쉽게 이동이 가능하고, 처분과 수납이 쉬워야 마음이 편하다. 색깔이 흰색이나 검정이 아니라고, 쓰던 물건을 버리지 않는다. 주방 용품도 입는 옷도 통일감은 없다. 물건은 전부 집에서 필요한 걸 임의로 골라왔다. 출처도 구입 시기도 제각각인 녀석들이다. 미니멀하게 사는 게 꼭 마음에 드는 명품 하나를 고집해야 정답은 아니다. 저렴한 단 하나의 물건으로 사는 나 같은 사람도 있다.

철저하게 심문하고 검열한다

얼마 전 믹서기를 처분했다. 이유는 오랜 시간 쓰지 않았기 때문이다. 집에서 독립하여 나올 때, 들고 온 부엌 가전은 밥솥과 믹서기 둘이었다. 생식을 즐기기 때문에 집에 있을 적에는 토마토, 사과, 바나나를 갈아 먹었다. 하지만 자취를 시작하고 그마저도 귀찮아 하지 않게 되었고, 생과일을 껍질째 먹게 되면서 믹서기의 역할이 불분명해졌다.

두 번째 이유는 믹서기 소음이다. 믹서기 소음이 두려워 믹서기를 멀리하게 됐다고 해도 과언이 아니다. 초 단위가 아닌, 분 단위로 갈아야 마실 수 있어 소음이 굉장하다. 또 날카로운 톱날도 그리 마음에 들지 않는다. 자칫

잘못하면 흉기가 될 수도 있다는 생각에 무섭기도 하다. 새것처럼 관리해서 상태가 좋고, 여전히 쓸 만하니, 잘 세척하고 닦아서 아름다운가게에 기부했다. 아이를 키우는 가정이나 일이 바쁜 직장인이 쓴다면 나보다 더 유용하게 사용할 것이다.

《우리 집엔 아무것도 없어》 동명 만화의 원작 드라마를 보면, 주인공 유루리 마이가 면접관처럼 책상 앞에 앉아 물건 하나 하나를 인격화해서 처분과 보관을 결정하는 장면이 나온다.

마치 시험대에 오른 듯, 물건들은 자신의 쓸모를 열심히 어필한다. 그녀가 핸드백과 이별하는 장면은 눈물겨울 정도로 애잔하다.

물건들은 흡사 단두대에 오르기 직전 변호를 하듯 자신의 쓰임을 주장하지만, 여주인공은 가차 없이 냉정하게 '필요 없다'를 외친다. 조금이라도 대체할 수 있는 물품이 있거나, 관리가 귀찮다면 단칼에 필요 없음 도장을 찍어 처분하는 모습이, 꼭 여지껏 물건을 대하던 나의 태도와 흡사하다는 생각이 든다. 묘하게 겹치는 공감 코드에 웃음이 난다. 그 외에도 그녀는 물건과 대화도 하고, 마음에 드는 옷을 검열하기 위해 혼자 고객과 판매원이 되어 쇼핑 시뮬레이션을 한다. 공항 검색대를 통과하듯 살살이 쓰임을 추궁한다.

내가 믹서기를 처분할 때도 비슷한 상황이 스쳐지나갔다. 이 장면 속에 내가 있었다면, 분명 믹서기도 버려지지 않기 위해 열심히 변론을 펼쳤을 것이다.

"무엇이든 갈아냅니다!"

"야채든 과일이든 당신의 건강한 아침을 책임질게요!"

"업무 효율도 높고 자리도 차지하지 않습니다. 여름에는 콩을 갈아 콩국수도 만들어드리겠습니다!"

그러면 나는 이렇게 판결을 내리겠지.

"소음이 너무 심해."

"생각보다 가는 데 시간이 오래 걸려."

"과일은 칼로 깎아 먹어도 돼."

"뒷정리가 수고스러워."

너무 매정한가 싶어도 정말 이렇게 말할 것 같다. 이렇게 시험대에서 하나둘 탈락해, 결국 내 주변에 남은 것들은 몇 차례의 면접과 높디높은 검열을 통과한 엣기스 같은 맴버들이 아닐까. 그렇게 생각하니 지금 가지고 있는 물건들이 달리 보인다. 더 소중하게 느껴지고 쓰임 또한 한층 돋보인다. 이토록 긴 시간 내 곁에 머물 수 있다는 것이 자랑스러운 듯, 까다로운 검열과 심사를 통과한 자부심을 뽐내듯, 당당하게 자리를 지키고 있는 것 같다.

부엌에 남은 가전은 전기밥솥 하나. 조리 도구는 손바닥 사이즈 프라이팬과 냄비가 전부다. 인덕션도 1구짜리라 조리 도구가 여럿 필요하지 않다. 믹서기가 사라진 빈자리가 전혀 어색하지 않다. 본래 내 물건이 아니었나 보다.

사용하지 않는 물건은 없어져도 허전하지 않다. 오히려 눈엣가시 같던 불청객이 자리를 비켜준 덕에 집 안 공기에 활기가 넘친다. 물건의 쓰임을 알아보고 싶을 때 그녀, 유루리 마이와 같은 심정으로 돌아보는 것도 좋은 방법이다. 까다로운 검열관의 눈으로 헛된 물건은 단 한 가지도 용인하지 않겠다는 마음으로 그 쓰임을 추궁하고 또 추궁해본다. 생각보다 우리 주위에 꼭 필요한 물건은 그리 많지 않다.

처분이 용이한가

　예전에는 물건을 살 때 기준이랄 게 없었다. 눈에 들어오거나 필요하다고 생각하면 두 번 묻지 않고 샀다. 하지만 요즘은 물건을 고를 때 여러 가지로 깊이 따져본다. 그 기준 중 하나가 처분할 때를 고려하게 된 변화다.

　쉽게 처분할 수 있는 물건이 아니라면, 웬만해서는 사지 않는다. 예를 들어 옷이나 책은 중고로 되팔 수 있고, 의류 수거함에 기부해도 되고, 여러 모로 재활용이 잘 된다. 하지만 침구류나 이불은 덩치가 커서 처치 곤란인 경우가 많다. 그만큼 옷이나 책보다는 배로 신중해진다. 무게가 많이 나가고 부피를 많이 차지하는 물건은 순환이 안 되는 경우가 많아서 기왕이면 평생 쓸 각오를 하고 물건을 고른다.

이사할 때도 고려한다. 접이식이나 사이즈가 콤팩트한 선택을 하면 이사가 쉬워진다. 액자나 컵을 비롯한 식기류도 처분이 쉽지 않다. 취급주의 상품처럼 깨지기 쉬운 물품은 중고로 되팔 수가 없다. 기부도 곤란하다. 가전제품과 전자 통신 기기도 버리기 애매하다. 덩치 큰 가구도 마찬가지다. 이사할 때도 짐스럽지만 처분마저도 돈이 드는 골칫덩이다.

웬만하면 주방용품은 사지 않는다. 그릇도 사지 않는다. 평생 쓸 요량으로 물건을 소유한다. 소모품 중 샴푸, 세제, 비누와 같은 생활 소모품은 리필용을 사서 버릴 때 쓰레기를 최소화한다. 가격도 저렴하고 무엇보다 포장 쓰레기를 늘리지 않아 여러 모로 편리하다.

플라스틱은 피치 못할 상황을 제외하고 거의 사용하지 않는다. 텀블러를 잊고 안 가지고 나왔거나 음료를 사야할 일이 생기면, 재활용이 좀 더 용이한 유리나 종이를 선택하는 편이다. 플라스틱은 썩지도 않는다.

쉽게 처분할 수 없는 물건은 생활 속에서도 짐이 되고 미래에는 자유를 발목 잡는다. 언제든 원할 때 처분할수 있고 떠나보낼 수 있는 물건만을 소유하면 스트레스

도 부담도 없다. 그 어떤 물건도 나의 자유를 속박할 수
없다.

책망하지 않고 절충한다

미니멀리스트가 되어 의식적인 소비를 하면서부터 환경에 대해 부쩍 관심이 많아졌다. 그러나 최근 들어서는 편의 앞에 번번히 무릎을 꿇었다. 손수건을 들고 다니고, 텀블러로 물을 마시고, 자전거를 이용해도, 도시 생활을 하다보면, 내 몸이 내 몸 같지 않고, 마음과 행동이 따로 따로다.

단순하게 살자는 철학을 곁에 두고 살고 있지만, 환경을 생각하면 생각할수록 단순하게 살자는 철칙을 어길 수밖에 없다. 카페에서 매번 텀블러를 꺼내어 음료를 담아달라고 하자니 번거로웠고, 가벼운 차림을 선호하는데 환경을 생각하자니 짐가방이 점점 무거워졌다. 보따리

행상처럼 손수건이니 텀블러니 오만 잡동사니를 다 들고 다녀야 했다. 공중 화장실에 들러 손을 닦을 때도 티슈를 쓸 수밖에 없는 상황에 스스로를 책망하기까지 했다. 그래서 생각해본 결과 정답은 한 가지 밖에 없다. 절충.

외출해서까지 환경으로 내 생활 동선을 옥죄고 싶진 않다. 스스로의 힘으로 통제 가능한 귀가 후의 삶과 의식주 활동만큼은 환경과 공존을 최우선시하였다. 음식 쓰레기를 줄이고, 장을 볼 때 비닐 봉지를 사용하지 않는다. 옷은 사지 않고, 생필품을 제외한 쇼핑도 끊는 등 내가 할 수 있는 일을 하기로 했다.

내 생활 방식을 해치지 않고 개인적 스트레스를 유발하지 않는 선에서 내가 기쁜 마음으로 할 수 있는 활동을 천천히 해나가는 거다. 여러 가지 이유로 미니멀리스트가 환경 옹호자가 된다는 사실은 앞뒤가 맞지 않는다. 삶의 단순함을 추구하고 생활을 간소화하기 위해서 문명을 활용하고 디지털 기기의 도움을 적극적으로 받아야 하기 때문이다. 하지만 동시에 소비를 줄인다는 점이 어쩔 수 없이 환경에 대한 관심으로 이어진다.

완벽할 필요는 없다. 환경을 생각하는 마음을 포기하지 않고 지킨다면, 모순일 수밖에 없는 과도기에 접어들어 종종 넘어지고 실수할지라도 변화에 적응해야 한다. 신념과 행동이 언제나 100퍼센트 일치할 수는 없다.

중요한 건 의식적으로 살아가는 내 마음가짐이다. 본능과 욕구만 충족하며 있는 대로 마구잡이로 살아가는 게 아닌, 경각심을 가지고 항상 스스로 경계하면서 감독, 관리하며 생활하는 내 태도를 옳고 그름의 지표로 삼는다. 주어진 선택지 중에 내가 고를 수 있는 최선을 택한다면 그것만으로도 충분히 잘한다고 칭찬해줘도 된다.

완벽한 제로 웨이스트 한 명보다 의식 있는 미니멀 웨이스트 여러 사람이 더 낫고, 완벽한 채식주의자 한 사람보다 육식을 지양하는 백 명의 사람이 있는 편이 세상을 더 빨리 긍정적으로 바꾼다. 일회용품을 줄이려는 티끌 같은 시도가 모여 깨끗한 공기와 대지를 만든다.

할 수 없는 일을 못하는 것에 대해 번번이 자책하고 죄책감을 느낀다면 모든 일이 부질없게 느껴진다. 환경을 생각하게 된 계기도 결국 행복이었다. 자연을 사랑하는 마음을 먹으면서 나는 나를 더 사랑하게 됐다. 정의로운 일을 하는 것도 중요하지만, 소중한 것을 지키는 것 또한 중요하다.

정보에 대한 집착도 경계한다

　물질적 집착만큼 경계해야 할 것이 지식과 생각에 대한 집착이다. 최근 어딘지 모르게 알 수 없는 불안이 나를 짓누르고, 머릿속이 헝크러져 분리 수거가 안 된 상태가 지속되었다. 지식에 대한 집착, 생각에 대한 미련 때문이었다. 내가 생각하는 미니멀리스트는 소유물의 많고 적음으로 판가름나지 않는다. 진정한 미니멀리스트는 집착으로부터 자유로워진 사람이다. 물건에 발목 잡힌 자아가 아닌, 언제든 새장 문을 활짝 열고 제 발로 자유를 탐닉할 수 있는 그런 호젓한 모습이 미니멀리스트가 갈망해야 할 이상이다. 물리적 가벼움은 시작에 불과하다. 생각, 지식, 관계, 믿음, 신념, 종교… 눈에 보이지 않고 손에 잡히지 않는 어떤 것도 집착의 대상이 된다.

컴퓨터 화면 속 문서와 자료들이 어지럽게 쌓였다. 휴대폰에도 그때그때 기록한 백여 건의 메모가 여전히 처리되지 못한 채 나뒹군다. 확인한 메모, 정리된 기록은 사용이 끝난 즉시 버린다. 방심하고 경계의 고삐를 느슨하게 잡는 순간 불어나는 게 정보다. 사실 나는 물리적 소유물에 대한 집착은 태생적으로 적어 소유물에 대한 다운사이징이 쉬웠다. 공개적으로 여러 차례 언급한 사실이 부끄러워질 만큼 내게 별일 아닌 작업이었다. 그러나 배움에 대한 열망과 글쓰기에 대한 애정이 큰 만큼 지식과 아이디어에 대한 집착은 결코 적은 편이 아니다. 읽고 싶은 책도, 쓰고 싶은 글도 매일같이 추가되고 그 리스트가 누적된다. 생각도 많고 번뜩이는 아이디어는 실시간으로 내 주위를 맴돈다. 떠오르는 생각은 눈에 보이는 어디건 적어두어야 직성이 풀리다보니, 방치하면 금세 정보의 포화 상태에 이른다. 까딱 한눈파는 순간 불길 번지듯 불어난다.

휴지통 비우기를 습관화하고 작성이 끝난 이야기나 문서는 전부 폐기한다. 기본적으로 물건의 양이 많으면 아무리 청소를 해도 티가 안 나듯, 정보나 생각도 마찬가지다. 텅 빈 머릿속은 텅 빈 공간만큼이나 내가 중요시하는 상태다. 그 상태는 물리적으로 가벼워진 그 어느 순간보다 더 큰 자유를 준다.

미니멀 라이프는 내게 물리적 소유물을 덜어내는 것 그 이상의 의미가 있다. 미니멀 라이프는 삶의 전반에 걸친 단순화 작업이다. 정보와 생각 또한 예외가 될 수 없다. 물건이 아무리 적어도 사소한 일로 늘 전전긍긍하고, 적어놓은 메모나 지식에 집착한다면 미니멀리스트가 아니다. 그 어떤 것과도 시원하게 돌아설 수 있는 호기로움이 미니멀리스트가 지녀야 할 덕목이다.

더 비울 게 있다

비움에는 정체기가 없다. 더디지만 문득 돌아보면 공간은 매일 조금씩 더 간소해졌다. 소유하지 않는 상한선은 그으면 그을수록 넓어졌다. 어느 정도 안정기에 접어들었을 때도 매번 나의 한계를 밀어냈다. 주변 사람들은 달라진 나의 모습에, 텅 빈 주거 공간에서 생활이 가능하냐고 물었다. 하지만 나는 익숙한 와중에도 비워야 할 물건을 매번 발견했다. 더 비울게 있을까 싶어도 매번 예상을 뒤엎고 공간은 조금씩 더 휑해졌다.

무슨 일이든 그렇다. 급격한 변화를 겪으면 그래프는 쉽게 요동치지 않는다. 꾸준히 아주아주 천천히 곡선을 그리며 올라간다. 때로는 살짝 내려가기도 하지만, 구불

구불 평행선을 유지한다. 시간이 흐르면서 나는 비움의 여정에 한계란 없음을 느낄 수 있었다. 무너지지 않을 것 같았던 소유의 벽이 몇 번이나 와르르 무너졌다. 침대를 없앨 때만 해도, 비울 수 있는 가구는 여기까지라 생각했다. 한계점에 부딪혔다고 단정지었지만, 이내 옷장을 처분했다. 쇼핑을 중단하면서 가방과 신발을 더 이상 사지 않게 되었지만 그래도 옷은 넉넉하게 있는 게 좋다고 생각했다. 그러나 가방과 신발에서 이내 옷으로 스펙트럼을 확장했다. 사복의 제복화를 추구했으므로 없이도 충분히 우아하고 세련된 삶이 가능했다. 다음에는 무엇이 사라질까? 설렌다.

매번 한계를 뛰어넘으며 설레고, 변화는 신선함이 되어 내 하루를 더 풍요롭게 했다. 불편은 자유였고 결핍은 아름다움이었다. 비워진 공간에는 포근한 안락함이 있었다. 비누 하나로 샤워를 끝내면서 화장실의 뼈대가 드러났다. 내가 본 화장실 중 최고의 모습이었다. 자취의 필수품인 전자레인지를 사지 않으면서 언제까지 버틸 수 있을까 의심했다. 그러나 전자레인지가 사라진 자리에 허전함 따위는 없었다. 편의점으로 향하는 발길을 끊으면서 재정 상태는 더 탄탄해졌고 의도치 않게 전자레인지와 더불어 즉석 식품도 사라졌다. 그 자리는 직접 요리한 건강한 음식으로 채워졌다.

소유의 한계를 극복하는 것은 매번 나 자신과의 싸움이다.

관계 미니멀리즘

나는 사람을 자주 만나지 않는다. 성향이 내향적이라 혼자만의 시간을 보내며 에너지를 충전해야 할 필요도 있고, 너무 많은 시간을 관계맺음에 보내면 진짜 집중하고 싶은 사람들에게 소홀해진다고 판단했기 때문이다. 매주 사람을 만나다보면 피로가 누적된다. 만남이 잦아지면 그만큼 충전하는 데 시간도 오래 걸린다. 그래서 약속은 최대 한 주에 한 번으로 제한하고, 나머지 시간은 홀로 휴식하며 보낸다. 달력에는 무심코 약속을 잡게 되는 상황을 피하기 위해 사소한 일정이라도 모두 써놓는다.

전화번호부에 저장된 번호도 50건이 안 된다. 최근 1년간 연락을 주고받지 않았다면, 과감하게 정리한다. 나중에 연락할 일이 생길 만한 사람은 없다. 뭔가 부탁을 들어 줘야 하거나, 역으로 부탁을 받는 경우에 연락처가 필요 할 수도 있는데, 나는 그런 상황 자체를 만들지 않는다.

현대 사회는 무언가가 끊임없이 쌓인다. 물질적으로 아무리 미니멀해져도 내면까지 미니멀해지기란 쉽지 않다. 어딘가에서 문자 메시지가 오고, 회원 가입을 해야 할 상황이 생기면 내 개인 정보는 어느새 여기저기 허공 을 떠돌게 된다. 그래서 나는 수시로 포맷을 한다. 업무 상 연락처를 교환해도 일이 마무리되면 삭제한다. 카카 오톡도 문자 수신함도 정기적으로 비우고 삭제한다. 오 프라인을 비롯해 온라인 공간도 정보나 물건이 쌓이지 않게 경계해야 한다. 만남을 최소화하면 그 시간만큼 최 선을 다해 집중할 수 있다.

가방은 가볍게, 옷과 신발은 편하게

나는 평소 가벼운 차림을 선호한다. 옷과 신발은 무엇보다 편해야 하고, 가방은 가벼워야 한다. 가방에는 최소한의 소지품만 넣고, 늘 두 손이 자유로울 만큼 몸에 지닌 물건을 간소화한다. 물건을 잡다하게 챙기지 않는다. 평상시에는 지갑, 립스틱, 콤팩트, 휴대폰 정도만 챙긴다. 글을 쓰러 카페에 가거나 누군가를 기다릴 때는, 손바닥 사이즈 문고본 한 권과 몰스킨 수첩만 준비한다.

내가 가벼운 차림을 고수하는 이유는, 이것저것 많은 물건을 가방에 넣고 다니거나 손에 잡다한 물건을 들고 있으면 보행이 불편하게 되고, 무거운 가방은 짐스러워지기 때문이다. 물리적으로 가벼우면 어딜 가든 부담이 없다. 이동하는 거리가 얼마가 되든 나는 두려울 게 없다. 차도 없고 면허도 없는 내가 오직 두 다리만으로 즐겁게 다닐 수 있는 이유는 차림이 항상 홀가분하기 때문이다.

앞으로도 힘이 닿는 데까지 '뚜벅이'로 살아갈 것이다. 가방은 지금처럼 가볍게, 걸친 옷과 신발은 편하게, 걸음걸이는 나비가 날듯 무중력 상태일 것이다. 분실에 대한 불안도, 어깨결림도, 도난에 대한 두려움도 없다. 오래 걸어도 쉽게 지치지 않는다. 사람 많은 대중 교통을 이용해도 짐이 나에게 스트레스를 주지 않는다. 차림이 가벼우면 내 몸 하나만 잘 간수하면 된다.

돈은 아날로그적인 방식으로 대한다

　내 인생에서 영원히 없을 세 가지(대출, 신용 카드, 빛)라고 표현할 만큼, 나는 극단적으로 후불 결제 방식을 경계한다.

　결제 수단으로는 교통 카드, 체크 카드 오직 두 가지만을 사용한다. 충전식 교통 카드는 매달 돈을 넣어서 사용하고, 항상 월초에 현금을 인출해서 생활비, 교통비를 살뜰하게 분배한다. 필요한 돈은 전부 손으로 만져야 직성이 풀리고, 온라인 쇼핑은 귀찮더라도 발품을 팔아 계좌 이체한다. 공인 인증서도 없고, 카카오페이도, 인터넷 계좌도 없다. 아날로그적인 방식이 아니면, 나는 자신감을 가지고 돈을 대할 확신이 없다.

내 수중에 당장 돈이 없어도 소비를 원 없이 할 수 있다는 사실은 보호 장비 하나 착용하지 않고 맨몸으로 전쟁터에 나서는 것과 다를 게 없다. 내게도 경제적 상한선이 있다. 의식적인 소비를 하려고 항상 노력하지만, 늘 완벽하게 짜인 경제 활동만 하지는 않는다. 품목이 일정치 않은 물건을 사기도 하고, 사회 생활을 하다보면 예상치 못했던 돈을 쓰기도 한다. 그럴 때도 자책하지 않는 이유는 그래봤자 사소한 출혈 정도에 지나지 않기 때문이다. 체크 카드는 엄연히 잔고가 정해진 결제 수단이고, 예금된 돈을 초과하면 더 이상 소비를 할 수 없다. 그래서 안심하고 돈을 쓸 수 있다.

신용 카드의 잔 꼼수도 싫다. 여러 가지 혜택을 얹어주며, 나를 세상에서 가장 특별한 사람처럼 만들어줄 것마냥 말하지만, 실상은 돈을 더 쓰라고 과소비를 부추길 뿐이다. 찰나의 쾌감에 취해 무턱대고 긁은 신용 카드는 미래의 자유를 발목 잡는 빚만 부른다. 인터넷 뱅킹과 휴대폰 소액 결제를 하지 않는 이유도 신용 카드를 사용하지 않는 이유와 같다.

돈을 쓸 때는 그 행위가 고스란히 피부로 전해져야 한다. 그래야만 지불한 금액에 상응하는 가치를 얻었는지 생각하게 되고, 치른 대가가 가치로운 대가인지를 되묻게 된다. 하지만 돈 쓰기가 쉬워지고 무감각해지면, 소비하는 행위도 거리낌이 없어진다.

같은 이유로 대출도 하지 않는다. 그 어떤 상황이 와도 빚을 내지 않을 것이다. 빚을 내면서까지 이루고 싶은 일은 없다. 이루고 싶은 간절한 소망이 빚을 동반해야 한다면, 내 분수에 맞지 않는 소망인 거다. 간절하게 바라고 이뤘다 한들, 그로 인해 치른 '빚' 이라는 희생은 결코 내게 가치롭지 않다. 빚을 내고 대출을 해서까지 해야 할 일은 결코 없다. '대출' 을 합리화하고 싶지 않다. 경제학적 근거를 들이밀며, 효용 가치, 기회 비용, 합리적 선택을 운운해도 내게 소용없다.

나는 돈 계산하고 셈하려고 세상을 사는 게 아니다. 나는 흔적 없이 살고 자연에 순응하기 위해 산다. 살아가는 과정에 있어 내게 자연스럽지 않고 대자연의 흐름을 거스르는 일이라면, 그 어떤 것도 수치와 경제를 앞세워 합리화할 수 없다.

서너 개씩 계좌를 개설하면서 지출을 품목별로 세분화한다고 알뜰한 게 아니다. 돈을 쓰지 않는 것만큼 빠르고 확실한 재테크는 없다.

버리기도 기술이고 훈련이다

　물건을 버리는 일도 훈련이고 연습이다. 몇 가지 기본적인 규칙을 이해하면, 과정이 좀더 쉬워진다. 물건은 크게 3가지 종류로 나눠진다. 어떤 물건이든 '처분'이라는 전제가 있다면, 다음 범주 안에 속한다.

　1번. 실용적 쓰임이 있는 물건
　2번. 심미적 쓰임이 있는 물건
　3번. 1, 2를 충족하지 않는 물건

　이 셋을 분류하여, 3번을 찾아내어 처분하면 된다. 실용적 쓰임이 있는 물건은 생활하면서 바로 드러난다. 늘 사용해 반질반질 윤이 나고 손때가 탄 물건이라면 실용적 쓰임이 있는 물건이다. 칫솔, 치약, 휴지, 세제, 휴대폰, 지갑과 같은 실생활과 밀접한 연관이 있는 소지품 및 생필품이다. 고민 없이 구분할 수 있다. 1주일에서 한 달만 살아봐도 남겨야 할 물건은 답이 나온다. 사용을 했는지 안 했는지, 그 유무가 기준이다.

심미적 쓰임이란 실용성은 떨어져도 내게 기쁨과 설렘을 주는 물건이다. 2번이 없는 사람도 있다. 나는 추억에 얽매이지도, 취향을 타지도, 그다지 물건에 애착을 느끼지도 않는 편이라 2번이 거의 없다. 하지만 대다수의 사람들은 심미적 쓰임을 실용적 쓰임 못지않게 높이 산다.

행복한 기억이 서린 여행지에서 산 소품이나, 좋아하는 화가가 그린 그림, 바라만 봐도 행복한 웃음이 지어지는 가족 사진… 모두 직접적인 쓰임은 없지만, 감정적 사용감이 짙다. 심미적 가치는 매일매일 내 삶에 가치를 더해야 한다. 의미 있는 하루에 기여하고 활력을 불어넣으며 성장과 행복에 톡톡히 공을 세워야 한다. 나의 인테리어 감각을 돋보이게 하는 벽에 건 액자, 스트레스를 완화하고 상쾌한 하루를 시작하게 돕는 꽃과 식물, 기분에 따라 무드를 환상적으로 바꿔주는 옷과 가방… 모두 심미적 쓰임이 있는 물건이다. 잘 관리하고 충분히 쓰임을 다할 수 있게 정성을 기울이는 사람이라면, 사치품을 많이 가지고 있어도 더 없이 훌륭한 미니멀리스트다.

바라만 봐도 기분이 좋아져서 매일같이 보고 싶은 물건이 2번에 해당하는 물건이다. 사용하지 않지만 쓰임이 분명 있는 물건이다. 3번과는 다르다.

우리가 비워야 할 물건은 3번이다. 3번, 즉 쓰임 없이 자리만 차지하는 물건을 처분함으로써 공간은 여백을 되찾고 머릿속은 홀가분해진다. 스트레스는 줄고 시간과 돈이 모인다. 모인 시간, 돈, 정신적 여유로 나는 평소 관심 있게 주시하던 활동에 적극적으로 임할 수 있게 된다. 투자할 수 있는 금전적 여유와 시간적 자유를 얻는 것이 미니멀리즘의 본질이다.

그렇다면 3번은 어떻게 구분해야 할까. 다시 말하지만 버리기도 기술이고 훈련이다. 처음에는 쉽지 않다. 자꾸 연습해야 한다. 우리의 공략 대상, 3번 물건을 가려내는 데 필요한 몇 가지 기준이 있다. 이 기준을 충족하는 물건이라면 어떤 것도 처분의 대상이 된다. 다음 기준은 보편적으로 누구나에게 적용할 수 있는 기준이다.

기준은 모두 5가지가 있다.

- 수명이 다한 물건
- 하자가 있는 물건
- 다음을 기약할 수 없는 물건
- 버릴 수 없다고 생각한 물건
- 추억이 서린 물건

1. 수명이 다한 물건

유통 기한이 지난 물건은 기본적으로 사용할 수 없다. 제품 뒷면에 찍힌 일자를 확인하면 된다. 식품이나 화장품, 위생용품, 약, 모두 여기에 해당한다.

2. 하자가 있는 물건

말 그대로 하자가 있어 쓸 수 없는 물건이다. 짝 없는 양말, 이 빠진 그릇, 줄어든 바지, 물 빠진 청바지, 손잡이가 떨어진 냄비, 얼룩진 옷, 구멍난 속옷, 고장난 전자 제품이 해당된다.

3. 다음을 기약할 수 없는 물건

제기, 스키 용품, 수영복, 선풍기는 1년 내내 늘 사용하는 물건은 아니지만, 사용하는 철이 분명하다. 몇 달 간 사용하지 않았다고 버릴 수는 없다. 기약할 수 없는 물건이란 '언제'라고 명확하게 말할 수 없는 물건이다. 살이 빠지면 입겠다고 보관한 원피스, 유행이 돌아오면 입겠다는 부츠컷 바지, 베이킹을 할 일이 생기면 쓸 거라는 제빵 도구, 중고등학교 시절 입던 교복과 체육복… 쓰임의 날짜를 기약할 수 있는지 없는지는 본인이 가장 잘 안다. '핑계'가 아닌, 합리적인 '이유'가 없다면 버려야 한다. 공간을 디톡스하겠다는 결의를 가지고 허심탄회하게 물어보면 금방 추려진다.

4. 버릴 수 없다고 생각한 물건

버릴 수 없는 이유는 사실 없다. 그래서 버릴 수 없다는 이유를 빙자해 버리지 못하는 물건이 여기 해당한다. 비싸게 주고 사서, 준 사람의 성의를 생각해서, 다시 살 수 없는 희소성 때문에 등등 나열하다보면 끝도 없다.

우리가 버릴 수 없는 물건은 앞서 말한 3가지 물건 중 1번과 2번뿐이다. 이 두 범주에 속한 물건은 소유해도 삶을 풍요롭게 만든다. 둘 중 어느 것도 충족시키지 못하는 물건은 어떤 이유로도 보관을 합리화할 수 없다. 삶을 잠식하고 공간을 갈취하고, 기를 빼앗으며 자신을 과거에 머물게 할 것이다.

5. 추억이 서린 물건

추억이 서린 물건은 가장 버리기 힘든 물건이다. 그러나 앞서 말한 실용적 쓰임, 심미적 쓰임 그 둘 중 어느 것하나 해당하지 않는 것이 추억이 서린 물건이다. 심미적 쓰임이 있는 물건은 내 마음을 기쁘게 해주는 물건이다. 이는 한두 가지로 족하다.

졸업 앨범, 연애 편지, 우정 편지, 필름 사진…. 이것들과 추억이 서린 물건의 결정적인 차이는 보관 방식에 있다. 서랍 속에 잠들어 있는 물건은 심미적 쓰임이 있는 물건이 아니다. 눈에 보이는 곳에 둬야 진정으로 가치가 있다. 가족의 유품이나 졸업 앨범은 설렘으로 가지고 있다기보다 단순히 버리기 힘든 과거의 잔재에 불과하다. 심미적 쓰임, 실용적 쓰임 모두 현재를 살아가는 '진행형' 물건들이다. 추억은 과거의 산물에 지나지 않는다.

버리기 힘든 물건과 심미적 가치가 있는 물건은 다르다. 추억은 현재를 발목 잡기에 좋은 재료다. 나도 한때 추억에 집착했다. 그럴수록 현실을 소홀히했다. 옛 생각에 젖으며 추억이 나를 풍요로운 사람으로 만든다고 믿었다. 아름다움이나 설렘이 아닌, 단지 미련 때문에 붙들고 싶었던 것이다. 과거의 끈은 현재와 나 사이를 훼방놓는다. 잘 꺼내 보지도 않았다. 추억은 절대 현재를 넘어설 수 없다. 현재가 항상 월등하게 이겨야 한다.

나는 더 이상 추억을 명목 삼아 물건을 보관하지 않는다. 내 삶은 더 가치 있어졌고, 현재에 집중할 수 있다. 어느 때보다 관계 맺음에 최선을 다하고 생산적인 시간을 보낸다. 형태가 있는 물건을 많이 가졌다고 그것이 반드시 풍요로움으로 이어지지 않는다. 추억은 물리적 형체 없이도 가슴속에 잔잔하게 남는다. 과거를 대변하는 물리적 형태가 있든 없든 나는 변함없이 과거의 산물이다.

추억을 처분하는 팁은 '디지털화'다. 편지지, 상장, 청첩장, 사진 등 문서와 이미지는 스캔하고, 물건은 사진으로 남기자. 당장 버리기 힘든 물건은 디지털화하면 처분이 수월하다. 스캔이나 사진을 남기지 않아도 된다. 나는 추억을 대변하는 물건은 소유하지 않는다. 친구가 편지를 써서 선물해준다고 해도 읽고 바로 버린다. 어떻게 매몰차게 그걸 버리냐고 핀잔을 준다면, 내게 두 번 다시 편지를 쓰지 말아달라고 말할 것이다. 선물을 하거나 편지를 쓸 때, 사람들은 예쁜 종이가 아닌, 마음과 메시지를 전달해주고 싶은 것이다. 그 따뜻한 마음만 가슴 속에 차곡차곡 쌓아두면 된다. 그 마음은 둘 사이 관계에 고스란히 스며든다.

추억이 서린 물건은 버리기 힘들다. 따라서 시간적 여유를 충분히 주고, 쉽게 보낼 수 있는 추억부터 떠나보내자. 비교적 최근에 일어난 일일수록 버리기 쉽고, 정성이 덜 들어간 물건일수록 손대기 쉽다.

1~5번에 해당하는 물건은 전부 버려도 좋다. 버려도 아무 일도 일어나지 않는다. 혹여 마음이 변해 나중에 다시 필요해져도, 최악의 경우 다시 사면 그만이다. 버리는 순간 갈등했던 시간이 무색하게 그 천 배, 만 배 이상의 개운함이 찾아온다. 공간이 숨을 쉬고, 내 마음 또한 날아갈듯 가볍다.

물론 호기롭게 버리고 땅을 치고 후회할 수도 있다. 침대 없는 가벼움을 동경해 좌식 생활을 꿈꾸며 침대를 처분했으나, 허리가 아파 다시 침대를 사게 된 경우도 주위에서 심심찮게 봤다. 자신의 생활 방식과 체질에 부합하고, 그에 걸맞는 비움의 기준이 필요하다.

3부

나대로 자유롭게

실내복을 과소 평가하지 않는다

우리는 흔히 집에서 후줄근한 차림으로 시간을 보낸다. 못 입게 된 낡고 해진 박스 티에 반바지 차림이거나, 목이 늘어나고 무릎이 나온 추리닝 차림이다. 하지만 외출할 때 들인 공의 반만 실내복에 부어도 삶의 질이 달라진다. 집에서 무얼 입는지는 집에서 보낸 시간의 질을 결정한다. 절대 간과하면 안 된다.

실내용 복장이라도 쓰레기 같은 차림으로 지낸다면, 내 기분마저 쓰레기가 된다. 실내복이라도 100퍼센트 마음에 드는 옷을 입을 때 언제나 우아한 기분을 느끼게 된다. 집에 있는 시간을 과소 평가하면 안 된다. 생각보다 우리는 많은 시간을 집에서 보낸다. 보는 사람이 없을지라도 집에서 늘 몸가짐을 단정히 하면, 밖에서도 무의식 중에 습관적으로 우아함이 태도에 밴다. 안에서 새는 바가지는 밖에서도 줄줄 새는 법이다.

집에서 입는 실내복을 선택하는 기준은 외출복보다 더 엄격해야 한다. 그 어떤 옷보다 더 많은 시간을 보내는 차림이 실내복이다. 그래서 나의 가치관과 삶의 태도를 반영하는, 우아하면서도 교양 있는 소박한 차림을 갖춰야 한다.

안 입는 옷을 편한 실내복으로 강등시키는 행동은 최악의 옷장을 만드는 지름길이다. 입지 않는 옷을 집에서 입는다는 명분으로 옷장에 차곡차곡 쌓아놓는다. 그렇게 실내용으로 전락한 버리지 못한 옷들은 한 번도 입지 않은 채 열이면 열, 옷장에 그대로 방치된다. 집에서 입는 옷은 최상의 퀄리티를 자랑하는 단 한 벌이면 된다. 한때는 외출복이었지만 지겨워진 옷, 못 입게 된 옷이 실내복을 선택하는 기준일 수는 없다.

실내복은 지금 당장 친구가 차 한 잔 하자고 불러내도, 분위기 좋은 카페에서 당당한 기분을 만끽할 수 있을 만큼 편안함과 스타일을 동시에 갖춘 옷이어야 한다.

미니멀리스트의 모발 관리법

나는 머리를 매일 감지 않는다. 이틀에 한 번 꼴로 감고, 외출할 일이 없거나 땀을 거의 흘리지 않는 겨울철에는 3~4일에 한 번 감기도 한다. 샤워는 매일 하지만 머리는 감지 않는다. 머리를 감을 때 사용하는 것은 샴푸가 전부다. 트리트먼트, 린스, 에센스, 오일 등은 없다. 드라이기도 잘 사용하지 않고 선풍기로 말리거나 자연 건조한다.

사람마다 두피 컨디션이 달라서 무엇이 맞다고는 할수 없지만, 개인적인 견해로 1일 1샴푸는 두피에 독이라생각한다. 나는 모발 상태도 좋은 편이고 두피도 건강하다. 염색이나 퍼머를 하지 않기 때문이기도 하지만 분명

매일 머리를 감지 않는 생활 방식도 도움이 된다고 생각한다.

머리를 감는 이유는 사실 단순하다. 두피에 낀 먼지나 이물질을 제거하기 위함이다. 바깥 활동을 하는 동안 먼지는 온몸에 붙는다. 두피도 예외일 수 없다. 우리 모발은 적정량의 천연 양분을 필요로 하고 두피는 천연 오일을 분비한다. 피부가 유분을 배출해서 수분 부족을 막아주듯, 두피도 모발에 기름을 공급한다. 물론 오래 방치하면 모근 사이에 기름이 엉겨서, 빗질이 힘들어지고, 건강한 모발로 자라지 못한다. 반면 상대적으로 양분이 닿기까지 시간이 걸리는 모발 끝은, 자주 머리를 감을 경우 샴푸가 모발의 좋은 기름까지 다 제거해버려 금세 푸석푸석해지고 머리칼이 갈라져 힘이 없어진다. 머리를 감을 때는 모근과 두피만 잘 씻어주면 된다.

샴푸로 머리를 감을 때는 두피 마사지도 꼼꼼하게 한다. 자주 안 감는 만큼 손가락 끝으로 개운함이 느껴질 때까지 마사지를 한다. 샴푸는 아주 소량만 사용하고, 헹굴 때는 철저하게 헹군다. 샴푸 찌꺼기가 남아 있으면, 모근을 막아 모발이 건강하게 자랄 수 없다. 갈라진 머리가 한 올도 없다고는 단언할 수 없지만, 내 머릿결은 대체로 좋은 편이다.

적당한 길이의 머리를 늘 유지하려는 이유도, 너무 길어지면 이 모든 과정 또한 다 소용이 없어지기 때문이다. 관리를 야무지게 잘하는 사람이라면 상관없다. 하지만 나는 천성이 게으르고 미용이나 관리가 서툴러서 긴 머리는 귀찮음과 수고로움을 동반하는 번거로운 존재일 뿐이다.

머리를 매일 감지 않으면 냄새가 나지 않냐고 물을 수도 있다. 머리 냄새는 더러운 냄새라기보다 모근의 기름 냄새다. 더럽다고 느끼는 건 독한 화학 성분의 샴푸 향기에 익숙해져 낯설게 다가오는 것이다. 그래서 드라이 샴푸나 기름을 흡착하는 기능이 있는 파우더를 사용한다. 겉 머리칼이나 끝부분은 감지 않아도 며칠 간은 보송보송하다. 먼지나 이물질에 쉽게 노출되어 있는 앞머리와 옆머리에 적당히 파우더를 사용하면, 매일 샴푸로 머리를 감지 않아도, 외출하는 데 아무런 지장이 없다.

또 평상시 두피를 시원하게 유지하는 것도 두피 건강에 도움이 된다. 나는 모자를 거의 쓰지 않는다. 모자를 쓰는 게 두피 건강에 해롭다는 과학적 근거는 모르겠다. 그냥 모자를 씌운 머리에 느껴지는 답답함이 싫다. 아주

더울 때는 양산을 쓰거나, 짚으로 만든 통풍 잘 되는 벙거지 모자를 쓴다. 두피나 모근에 자극을 주는 행동은 절대하지 않는다.

머리는 웬만하면 저녁에 자기 전에 감는다. 그리고 두피만 찬 바람으로 말리고, 자는 동안 자연 건조시킨다. 머리를 말리는 일만큼 피곤한 게 없다. 자기 전에 감으면, 개운함 덕분에 잠도 잘 오고, 성가시게 머리를 말릴 필요도 없다. 적당히 물기가 있을 때 머리를 땋고 자면, 다음날 고대기 없이도 자연스러운 웨이브가 된다는 장점도 있다.

내부적인 관리도 물론 잊지 않는다. 머리카락에 좋은 음식을 많이 먹는다. 머리칼, 손톱은 전부 단백질이라서, 적정량의 단백질과 좋은 지방을 먹어줘야 모발과 손톱이 건강하게 자란다. 아몬드나 올리브 오일을 하루 권장량 정도만 섭취하면, 특별히 트리트먼트나 헤어 에센스를 바르지 않아도 머릿결과 모발 건강, 두피 건강 모두 쉽게 관리할 수 있다.

나의 여행

"도서관과 정원이 있는 곳이라면 다른 도락은 필요 없다."는 글이 있다. 장석주 시인의 책에 나온 구절이다.

나는 물건을 사는 것에도 흥미가 없고 맛집이나 패션에도 무관심하다. 장비가 필요한 활동적인 취미도 없고 왁자지껄한 콘서트나 유원지를 즐기지도 않는다. 독서와 사색, 때때로 동무들과 정답게 시시콜콜한 담소 나누기, 절간 방문하기, 글쓰기, 부드러운 빵과 씁쓸한 커피 한 잔의 티타임 정도가 내 오락 거리다. 여행을 하고 싶은 이유도 그 나라의 유적지나 식문화가 궁금해서도, 사람을 사귀기 위함도, 다양한 레저 활동을 체험하고 싶어서도 아니다. 단지 낯선 풍경을 한결같은 나의 모습으로 읽고 걷고 음미해보고 싶을 뿐이다.

그래서 나는 체구도 작고 움직임도 크지 않아 군중 속에 잘 묻히는 내 모습이 좋다. 튀었더라면 절대 연기처럼 여행지에 머물지 못했을 것이다. 무채색의 밋밋한 옷만 입고 화장기 없이 수수하게 돌아다니는 나의 외형은 낯선 외지의 풍경 속에 스며들기에 더없이 완벽한 조건이다.

관광객들의 발자취와 말소리는 일상의 평화를 흐트러뜨린다. 그래서 명승지와 관광지를 굳이 찾아다니지 않는다. 일상의 부드러운 흥취는 현지를 살아가는 사람들마냥 느릿느릿 하루하루를 평이하게 살아낼 때 온전히 느껴진다. 기차를 타고 철길을 따라 흘러가는 기차간 속에 몸을 맡기거나, 천천히 걸으며 공기 한 줌도 놓치지 않을 때 그것만으로도 충분히 즐겁고 신선하다. 빨래를 너는 지극히 일상적인 순간도 그곳이 낯선 이국 땅일 때는 또 하나의 여가가 된다. 젖은 빨랫감 뒤 펼쳐진 하늘도 다르고, 세제의 향기도 남다른 독특함이 배어 있다. 풍경과 채광을 반찬 삼아 먹는 아침과 아침 시간의 여유, 대충 잡힌 주파수에서 흘러나온 노랫소리와 외국말로 나지막하게 스며나오는 라디오 소리, 그밖에 늘 맞이하는 창밖

풍경과 햇빛의 채도도 전부 관광이고 구경 거리다.

입을 옷 몇 벌만 챙겨와 몇 주가 됐건 몇 달이 됐건 한 곳에 진득하게 머물면서 우물우물 여행을 되새김질한다. 쇼핑도 하지 않고 사진도 찍지 않지만, 한두 조각씩 모인 기억과 이름을 주고받으며 말동무가 되어 이야기를 나눈 열차 옆 좌석 할아버지, 숙소 위층 아가씨, 자주 가는 카페지기 중년 여성이, 내게는 차곡차곡 쌓인 형체 없는 기념품이자 한 장의 사진이다.

그들의 말씨가 익숙해져 한두 마디쯤은 자연스럽게 주고받기 시작하고, 마트에 진열된 찬거리들이 어느덧 일상처럼 약간의 지겨움이 묻어나기 시작할 때면, "아, 어느덧 이곳도 떠날 때가 다가오는구나."라고 홀로 중얼거린다. 여행자 신분을 어렴풋이 잊어갈 때쯤 여행의 마침표를 찍는다. 내가 여행을 마치는 순간은 여행하기 적절한 시간도 아니며 항공편이 저렴한 목요일도, 비수기도, 여행하기 좋은 30일, 1박 2일도 아니다. 여행의 시기와 장소를 정하는 기준은 오직 떠나고 싶다는 내 마음이다.

내게 여행이란, 지금 살고 있는 모습 그대로 일상을 걷는 것이다. 단지 그 배경이 낯선 땅이라는 점만 달라질 뿐이다. 그래서 떠나는 날짜를 정하지 않는다. 어딘가에 정착하지만 한두 달 뒤면 떠날 요량으로 둥지를 틀지 않는다.

가야 하는 곳도 없고, 정해진 일정도, 꼭 먹어야 할 음식도 없다. 눈이 떠지는 시간이 움직이는 시간이고 배가 고파지는 시간이 식사 시간이다. 매일 홀로 도서관에서 책을 읽고 글을 쓰는 일상은 그곳에서도 마찬가지다. 카페를 가고 수첩을 꺼내 글을 끄적이고 책을 읽는다. 멍하게 창밖만 몇 시간씩 보고 있기도 하고, 공원에서 음악을 들으며 산책을 하기도 한다. 누군가가 옆에서 말을 걸어오면 그들의 이야기를 가만히 들어주기도 한다. 걷다가 우연찮게 발길이 닿은 곳에서 예상치도 못한 아름다운 풍광을 마주하기도 하고, 목적 없이 탄 기차 안에서 무엇 하나 겹치지 않는 독특한 인연을 만나기도 한다.

반나절씩 걸려 어딘가로 이동하거나 하지 않고, 지역도 잘 옮기지 않는다. 비행기표 알차게 쓰겠다는 포부로 대륙 횡단을 감행하지도 않는다. 나라 한 곳, 그중에서 마을 한 곳을 별 생각 없이 선택해, 어깨 너머로 구경하고 배우고 경험하고 성장한다. 본래가 생활 동선이 좁은 나는 여행지에서도 변함없이 이동 거리가 짧다. 그렇지만 사람들의 걸음걸이, 즐겨 듣는 음악, 아침 풍경, 매일의 속도, 그들의 웃음 소리, 하나하나 놓치지 않고 세세하게 그려낼 수 있다. 관광과 쇼핑이 사라진 공백과 여유 자금으로 머무는 시간을 연장한다. 길고 느리고 밍밍하게 여행하며 오래도록 진하게 향기를 흡수한다.

떠나는 티켓은 끊지만 돌아오는 티켓은 없다. 떠나고 싶다는 생각이 들 때까지, 혹은 돈이 다 떨어져 더 이상 있을 수 없을 때까지, 언제까지고 내 마음이 머물고 싶으면 그곳에 머문다. 어쩌면 영영 돌아오지 않는다 해도 그건 그대로 또 좋다.

돈을 조금 벌어도 충분히 행복할 수 있다

좋아하는 일을 하면서 돈도 많이 벌 수 있다면, 그 사람은 축복받은 사람이다. 안타깝게도 모두가 그렇지는 않은 것이 현실이다. 하지만 돈을 벌기 위해 스트레스 받고, 또 그 스트레스를 풀기 위해 돈을 쓰는 악순환보다는 약간의 욕심을 내려놓고 느리게 자유롭게 사는 삶이 더 값지고 보람되며 행복하다고 확신한다.

일본의 니트족 철학자 파(Pha)는 일하는 이유가 오직 생계뿐이라면 지금 당장 그만두라고 말한다. 잉여 인간을 자처하며, 자유롭게 살라고 '니트 프라이드(NEET Pride)'를 설파하고 다닌다. 《하지 않을 일 리스트》에서 파(Pha)의 주장은 사실 새로울 게 없다. 내가 늘 지침처럼 곁에 두고 사는 말들이다.

단 하루도 행복하지 않을 이유는 없다. 그래서 나는 늘 '1분도 희생하지 않는다' 라는 모토를 문신처럼 마음속에 새겨놓고 산다. 사회에서 인정하는 안정적인 직장, 내 집 마련, 결혼과 자식은 반드시 나의 행복과 연결되지 않는다. 물론 행복의 조건은 모두가 다르겠지만 남들이 말하는 전형과 주류에 스스로를 끼워 맞추기보다, 조금 독특하고 약간은 모나 보여도 자기 자신이 행복하다고 당당하게 이야기할 수 있다면 그걸로 만족이다.

나는 돈을 거의 쓰지 않는다. 평상시에는 교통 카드 한 장만 들고 돌아다닌다. 밥은 집에서 먹고, 옷과 생필품을 사는 때는 정해져 있다. 사치품도 사지 않는다. 외식도 거의 하지 않으니, 고정 지출이라고 하면 교통비, 휴대폰 요금, 관리비 정도가 전부다. 신용 카드는 평생 쓸 생각이 없고, 체크 카드는 보관해두었다 꼭 필요할 때만 꺼내 쓴다. 약속이나 미팅이 없는 날에는 텀블러와 노트북을 챙겨 도서관으로 출근한다.

한 달 식비도 얼마 들지 않는다. 주로 두부, 사과, 양파, 당근, 토마토 등의 야채를 소량 사서 그때그때 먹는다. 번역, 글쓰기, 영어 강사, 교재 작업 등 여러 가지 일을 잡다하게 하지만, 결코 돈을 벌어야겠다는 부담감은 없다. 의미가 있고, 자기 계발에 도움이 되는 일이라면, 어떤 일이든 즐겁게 기꺼이 한다.

동시에 어떤 일이든 미련 없이 다 떠나 보낼 준비가 되어 있다. 휴대폰 요금을 낼 여력이 안 된다면, 휴대폰도 내려놓을 생각이다. 월세가 부담스럽다면 멤버들을 모집해서 쉐어 하우스를 꾸리고, 일이 가슴을 답답하게 짓누른다면 쿨하게 떠나 보내고 돈 없이 사는 방법을 강구하겠다.

나는 사실 오랫동안 돈에 대해 많은 생각을 해왔다. 우리를 웃고 울리는 돈이라는 존재는 대체 무엇일까? 고민해본 결과 돈은 자본주의가 만들어낸 허상에 불과하다는 결론을 내렸다. 종이 조각에 지나지 않는 돈이 의미가 있는 이유는 돈에 부여한 사람들의 노동, 가치, 창의성, 생존에 필요한 최소한의 생필품이 중요하기 때문이다. 과거 자본주의 이전 사회에서의 돈은 정말 교환 수단의 역할만을 충실하게 해냈다. 우리 지역에서 생산되는 고구마와 옷을 잘 만드는 장인과 합의해서, 옷감과 먹거리인 고구마를 교환하는 수단이 돈이었다. 거리와 시간상 편의를 생각해서 물물 교환보다는 돈이라는 화폐를 선택한

거다. 하지만 현대에서 흔히 말하는 '돈'은 더 이상 교환
단위가 아니다. 말 그대로 돈이 돈을 부르는 고리에 묶인
셈이다. 형체도 없는 주식, 거품처럼 부풀어오른 부동산,
금융업이라는 괴물이 만들어낸, 일반 사람들은 해석조차
할 수 없는 암호 같은 기호들…, 모두 빚이 빚을 부르고
소비에 소비를 조장하는 허상들이다. 돈을 많이 벌기 위
해서 돈을 더 쓰라고 한다. 소비를 조장해서 경제를 활성
화하자고 한다. 할인 딱지를 붙여 안 사면 손해라고 협박
한다.

　나는 더 이상 돈에 의존하고 싶지 않다. 돈을 벌기 위
해 자신을 죽이고 삶을 희생하는 바보짓은 하지 않기로
했다.

　돈을 벌지 않아도 충분히 행복할 수 있다. 돈 쓰지 않
고도 의미 있고 가치 있는 삶을 살 수 있다. 남들에게 도
움을 주고 사회에 기여하면서 살아도 생존 그 이상을 해
낼 수 있다. 내가 책을 쓰고 번역을 하고 외국어를 가르
치고 교재를 만드는 이유도 어떤 방식으로든 크든 작든
도움이 되고 싶기 때문이다. 돈을 벌기 위함은 부수적인
이유다. 돈에 의존하지 않는 내성을 기르면 돈 없이 사는
삶도 그리 어렵지 않다. 돈 없이도 행복할 수 있다는 사

실을 매일매일 산 증인이 되어 몸소 실천하고 증명할 것
이다. 가까운 미래에는 돈을 최대한 쓰지 않고 살고 싶
다. 휴대폰 대신 메신저로 연락을 하고, 자전거를 타고
이동한다면 교통비도 들지 않는다. 와이파이가 되고 따
뜻한 물이 나온다면, 충분히 차고 넘치는 풍족한 생활을
누릴 수 있다.

언제 일하고 언제 쉴지는 내가 정한다

대한민국에서 직장을 다니는 평범한 회사원이라면, 아니 전 세계 어디에서건 소속이 있는 직장인이라면 정규 근무 시간이 있다. 9시부터 6시. 소위 '나인 투 식스'라는 시간이다.

학교를 졸업하고 사회 진출을 하면 너무도 당연하게 받아들여져서, 그 누구도 의문을 품지 않는 시간이다. 나인투식스와 주5일제라는 제도가 있기에 지옥철이 있고, 꽉 막힌 도로가 있고, 퇴근 시간이 기다려지고, 불금이 있고, 빛의 속도로 스쳐 지나가는 토요일이 있는 거다.

하지만 나는 처음부터 아무렇지도 않게 자연스럽게 우리 몸에 자리잡은 이 제도라는 시간적 틀에 거부감이 있다. 나인투식스 근무 시간은 족쇄처럼 시간을 구속하고, 직장인을 일개미로, 주말만 기다리는 노예로 만든다.

회사라는 곳은 수익을 창출하는 이익 기반 기관이고, 업무의 효율을 위해 회사원들을 한 곳에 모아놓고, 정해진 시간 동안 근무하게 한다는 취지가 있을 수도 있다. 얼핏 보기에 바람직해 보이지만, 사실 업무의 효율을 극대화하는 가장 확실한 방법은 근무하기 좋은 환경과 타이밍이다. 그리고 그 환경과 타이밍은 개개인 모두가 다르다. 나의 경우 매번 다르다. 어떤 날은 새벽 시간이 유난히 집중이 잘 되고, 어느 날은 늦은 저녁 적당히 여유 부리면서 따뜻한 차 한 잔 마시는 시간에 업무의 질이 가장 높을 때도 있다. 9시간이라는 긴 시간을 회사에 있지만, 사실 실질적으로 업무에 집중하는 시간은 몇 시간이 채 안 된다.

'노마드워커' 라는 말이 있다. 한 곳에 정착하지 않고 이동한다는 뜻의 '노마드' 와 일하는 사람 '워커' 를 합친 말이다. 시공간의 제약 없이 어디서든 일할 수 있을 만큼 기술이 발달했다. 회의는 화상으로 하면 되고, 업무 보고는 이메일로 주고받으면 된다. 실질적으로 같은 공간에 있어도 얼굴 맞대고 회의를 하는 시간보다 점심 먹고 잡담하는 커피 브레이크 시간이 더 길다. 시간과 공간의 자유를 주면, 하루는 백 퍼센트 내 통제가 된다. 언제 일하고 언제 쉴지 모두 내가 결정한다. 따라서 책임도 고스란히 내 것이다. 주어진 일을 해낸다면, 그냥 해내는 것도 아니고, 탁월하게 해낸다면, 출근 시간, 퇴근 시간, 업무 공간 따위는 중요하지 않다.

오히려 자유가 주어지면 책임이 뒤따른다는 경각심이 있기 때문에 긴장감을 가지고 하루를 보낸다. 시간을 보다 효과적으로 활용하기 위해 철저히 자기 검열을 한다. 운동하고, 휴식하고, 일하는 것이 아무런 제약이 없는 자유이기에 스트레스를 받지 않고 퀄리티 있는 작업을 할 수 있다.

일을 하다 문득, 강가로 산책을 하고 싶어지면, 언제든 산책을 할 수 있는 환경과 시간이 주어져야 한다. 그때그때 욕구가 충족되고 스트레스가 해소되면, 지속할 힘이 강화된다.

나는 소속된 회사가 없다. 그렇지만 9시부터 6시라는 틀이 없을 뿐, 결코 일을 적게 하지 않는다. 어떨 때는 하루 10시간 이상 일한다. 몰입이 과해져서 도저히 멈출 수가 없을 때는 이렇게 초과 근무를 한다. 그러나 공식적이지도 않고, 누군가의 강요나 보이지 않는 압박에 의한 것이 아니므로 즐거운 초과 근무다. 자발적 야근이다. 또 오로지 스스로를 위해 일하기 때문에, 동기 부여가 따로 필요없다. 결제를 받거나, 상사의 승인을 기다리기 위해 중간에 시간을 허비하지도 않는다. 안정을 추구할수록 직장에 집착할 게 아니라 평생 할 수 있는 '직업'을 찾아야 한다.

일이 밀리면 야근도 하고 초과 근무도 한다. 이는 자연스러운 일이고 불만을 가질 수 없다. 그러나 업무의 효율을 고려하지 않고, 주변의 분위기, 상사의 퇴근 시간, 동료들의 눈치 때문에, 떠밀려 강압적으로 한 초과 근무는 회사에 대한 불만, 스트레스, 온갖 짜증을 유발한다.

이제 노마드워커가 보편적인 현상이 되었다. 해외에서는 직장에서도 적극적으로 노마드워커를 권장하는 추세다. 온갖 도구를 자유롭게 쓰는 시대다. 지하철에도 와이파이가 터지는 최첨단 사회다. 기술의 이점을 활용해야 할 시대다.

본질이 드러난 정직한 물건/사람이 좋다

미니멀리스트가 된 이후 본질에 대한 집착이 더 강해졌다. 본질에 집중하기 시작하면, 물리적 소유물을 비롯해 마주하게 되는 크고 작은 문제와 고민, 음식, 건강, 관계, 가치 판단까지 어떤 것이든 본질과 군더더기를 뚜렷하게 구분할 수 있다. 본질에 집중한 뒤로, 나는 어떤 선택 앞에서도 망설임이 없어졌다.

복잡한 요리를 하지 않는 이유도 원형 그대로 본연의 맛을 해치고 싶지 않아서다. 양념이나 복잡한 레시피 모두 본질을 벗어난 장식이다. 조리 없이 원형 그대로 먹는 음식에서는 자연의 향이 난다. 조미료나 양념이 없으면 본래의 맛을 해치지도, 미각이 마비되지도 않는다. 중독성이 생기지도, 식곤증이나 더부룩함을 유발하지도 않는다. 깔끔함 그 자체다. 뒷정리도 더없이 간편하다.

가구도 마찬가지다. 접이식이나 조립형 가구를 선호하는 이유는 그 휴대성과 가벼움도 있지만, 무엇보다 뼈대가 뚜렷하게 드러나 있기 때문이다. 책상은 다리가 넷 달렸고 상판이 있어야 한다. 그 외의 것은 모두 군더더기다. 아름다운 디자인이나 훌륭한 재료를 사용한 고급스러운 자태를 자랑하는 가구도 많지만, 어디까지나 내 눈에는 같은 가구일 뿐이다. 의자도 내게는 앉을 자리를 제공해주는 걸로 충분하다. 인체 공학적일 필요도, 커버가 비싼 가죽이 아니어도 괜찮다. 버스나 지하철을 타고 이동할 때 자리가 나서 앉았던 적을 떠올려보면, 버스 좌석이 특별히 푹신하고 인체 공학적이어서 행복했던 게 아니다. 앉을 수 있다는 사실 자체에 기뻤던 거다.

의자가 편하든 불편하든 오랜 시간 앉아서 작업을 하면 척추 건강에 안 좋다. 만약 의자가 지나치게 편하다면, 스트레칭도 덜 할 것이고, 간간히 몸을 풀어주며 휴식을 취하지도 않을 것이다. 편한 의자는 내게 독이다. 본질에 충실한 물건은 소박한 멋도 있고 사용자에게도 이롭다.

밥솥이나 청소기와 같은 전자 제품을 볼 때도 나의 기준은 일관된다. 밥솥은 밥을 지을 수 있는 기능이면 충분하고, 청소기는 먼지를 빨아들이는 걸로 할일을 다한 거다. 감사하게도 본질에 집중한 물건은 가격마저 저렴하다. 금상첨화다.

요즘은 순수하게 기능에 충실한 제품이 드물다. 선풍기에도 타이머뿐 아니라 취침 모드 등이 있어 조작이 복잡하다. 바람 세기도 한 두 개의 버튼으로는 어림도 없다. 미세한 바람의 차이까지 전부 조작할 수 있게 버튼을 여러 개 박아놓았다. 솔직히 미풍과 약풍의 차이는 아직도 잘 모르겠다. 인류는 과연 어디까지 편리를 추구하며 '새로움'을 요구할지 모르겠다.

본질이 드러난 정직한 물건이 좋다. 사람도 마찬가지다. 자신의 성격을 감추고 포장하며 누군가의 환심을 사려는 사람을 보면, 첫눈에 거부감부터 든다. 어색한 정적이 싫어 억지로 대화를 이어가다보면, 어색함은 배가 된다. 할 말이 없을 때는 아무 말 하지 않아도 괜찮다. 글도 마찬가지다. 문장도 간결하고 직접적이고 분명할수록 호감이 간다.

관계 맺음에 있어 내가 중시하는 것은 사회적 배경도,

직업도, 연봉도 아니다. 사람을 사귀는 데 중요한 조건 또한 그 사람의 본질이다. 그래서 긴 시간 깊이 있는 대화를 나눠야만 알 수 있다. 어쩌면 사람을 만나는 것이 예전만큼 쉽지 않아, 더욱 홀로 보내는 시간이 많아진 걸지도 모르겠다. 그러나 이런 나의 기준과 사람을 골라내는 눈을 절대 부정적으로 보지 않는다. 만약 평생을 함께할 반려자를 선택한다면 이런 나의 눈은 엄청난 장점이될 것이다.

결혼을 한다면, 돈, 시간, 에너지를 빼앗는 실속 없는 허례허식은 없을 것이다. 내게 이상적인 결혼이란 혼인서약과 당사자인 나, 신랑 이렇게 셋이 만드는 약속이다. 장소나 입는 옷은 둘이 공유하는 추억이 통하면 된다.

본질을 선호하는 성향은 어디서나 유용하다. 여행을 다녀도 본질에만 집중하면, 공용 샤워장이나 딱딱한 매트리스도 대수롭지 않게 이용하게 된다. 누울 이부자리가 있고, 하수도 시설이 있으면 충분하다.

본질을 포착하는 안목은 단언컨대, 내가 얻은 최고의 선물이다. 군더더기와 본질을 판별해낼 수 있다면, 삶의 복잡함이 순식간에 단순해진다. 본질을 추구하면서, 나는 물건을 비롯해 관계, 학습, 성장, 갈등을 바라보는 관점까지 모든 것에서 깊은 깨달음을 얻었다.

본질을 파악하는 안목은 효율만을 중시하는 단조로움이 아니다. 그것은 선택의 홍수 속에서 집중해야 할 단 하나의 중요한 가치를 보는 통찰력이다. 평범함 속 특별함을 발견하는 눈이 본질을 보는 능력이다.

내가 행복한 일을 한다

　오랜 시간 자아를 찾는 여정 끝에 내가 내린 결론은 그저 '내가 행복한 일을 하자'였다. 보편적인 즐길 거리에서 기쁨을 얻지 못할 때는 그 일이 제 아무리 트랜디하고 대중적이어도 쫓지 않는다.

　예전에 나는 두려움이 많은 사람이었다. 성공에 대한 집착도 많았고 인정받고 싶었고 늘 남과 비교하며 살았다. 항상 허전함을 무언가로 채우려고 했다. 하지만 정작 나를 바꾼 것은 '비움'이었다. 허전함을 허전함 그대로 받아들이기 시작하자 무언가를 하려고 하는 생각이 줄어들었다. 무언가를 해야 한다는 압박도, 말도 안 되는 기준으로 작성했던 버킷리스트도, 뭔가를 갖고 싶다는 욕망도 거짓말처럼 모두 사라졌다. 물건과 쇼핑이 사라진 자리는 성장과 배움으로 채워졌다.

트랜드에 발 빠르게 반응하는 또래들 사이에서 느리게 걷는 삶이 좋다고 당당하게 외쳤다. 그리고 그 당당함을 사람들은 싫어하지 않았다. 다르면 어울릴 수 없다는 생각은 혼자만의 편견이었다. 나는 그렇게 관계 속에서도 내 자리를 찾아갔다.

사회를 만족시킨다고 내 행복의 부피가 늘어나지는 않는다. 나의 힘으로 내 행복을 창조할 수 있는 삶이 그 어떤 삶보다 더 풍족하다고 확신한다. 사회로부터 성공의 징표를 수여받았지만 꽉 막힌 도로에 갇힌 한 사람, 차 없이 걸어다녀도 자유와 시간을 얻는 또 한 사람. 더 행복해 보이는 사람으로 살면 된다. 선택을 하는 사람은 그 누구도 아닌 나 자신이다.

나의 용량을 지킨다

자신의 범주를 인지하지 못한 채 무작정 많이 소유하려고만 하면 어느 것 하나 소중하게 관리할 수 없다. 자신의 의지와 능력으로 충분히 관리, 통제할 수 있는 만큼만 소유해야 한다.

이는 비단 물건뿐만이 아니다. 나는 체중이 늘지 않도록 늘 경계하는 편이다. 누구나 자신에게 최적화된 무게가 있다. 키나 체구를 고려했을 때, 무게가 비대해지면 생활에서 여러 불편이 따른다. 내가 같은 몸무게를 유지하는 이유는 내가 스스로 부담 없이 관리할 수 있는 최적의 무게이기 때문이다. 수치상의 몸무게 외에도 느껴지는 체감 무게가 늘 가볍도록 노력한다. 과식하지 않고,

긴 시간 공복을 유지하고, 야식을 먹지 않는 이유도 홀가분한 기분을 늘상 유지하고 싶어서다. 물건을 줄이고 공간을 비우면 집에 있는 시간 동안 숨통이 트이는 것과 마찬가지로, 몸이 날렵하고 가벼우면, 마찬가지로 걸음걸이와 삶 속 모든 움직임이 무중력 상태가 된다.

내 몸을 내 힘으로 관리할 수 있는 무게가 최적의 무게다. 조금만 걸어도 숨이 차거나, 2, 3층 높이의 계단도 헐떡이며 올라간다면, 몸에 과하게 군더더기가 붙은 건 아닌지 의문을 가져야 한다. 요가나 운동을 할 때도 몸이 가벼우면 훨씬 즐겁다. 공복은 달리는 발걸음을 가볍게 하고 요가 동작을 유연하게 한다. 더부룩한 속은 무기력증을 초래하고 정신적 스트레스를 일으킨다. 자신이 통제할 수 있는 범위를 벗어난 체구는 여러 모로 불편함이 따른다. 보여지는 이미지가 아닌, 편안하고 자유롭고 홀가분한 인생을 위해 체중 조절은 분명 가치 있는 선택이다.

관리 가능한 범주는 삶 속 많은 영역에 골고루 적용된다. 자신을 둘러싼 물건 또한 스스로 통제 가능한 범주보다 지나치면 청소와 정돈이 안돼 환경이 지저분해지고, 이는 부정적인 감정을 양산한다. 휴대용 짐을 쌀 때도 온전히 자신의 힘으로 감당할 수 있는 만큼만 챙겨야 한다. 혼자 힘으로 들고 다닐 수도 없을 만큼 양손 가득 짐을 지고 다니며 주변 사람에게 신세를 져야 한다면, 설령 필요한 물건들이라고 해도 그것은 어깨를 짓누르는 심리적 압박일 뿐이다. 이동 내내 짜증과 불평을 유발하는 짐은 진정 내 것이라고 할 수 없다.

물건에 휩쓸리는 것이 아닌, 진정으로 물건의 주인이 되어 도구를 부리는 입장이 되어야 한다. 나는 가방 3개, 작은 파우치에 모두 들어가는 화장품 10여 가지, 라탄 바구니 2개를 채우는 소품 약간과 책 5권, 양팔을 벌리면 안을 수 있는 옷가지 서른 벌 남짓이 가진 소유물의 전부다. 딱 이 정도가 내가 관리할 수 있는 적정 범주다. 이 이상이 되면 나는 정리와 관리에 피로감을 느낀다.

미니멀리스트가 되면 생활이 매일같이 활력으로 넘친다. 모든 일이 너무 쉽기 때문이다. 생산적인 하루를 보내는 것, 상쾌한 아침을 맞이하는 것, 스트레스 없이 옷을 고르고 입는 시간, 느리지만 우직하게 목표를 달성하는 근성까지 이 모든 것이 가능한 이유는 소유의 무게가 나의 통제 범주를 벗어나지 않아서다.

사람도 컴퓨터처럼 정해진 용량이 있다. 기억할 수 있

는 지식과 정보의 양도, 소화할 수 있는 밥의 양도, 쉬지
않고 뜀박질을 할 수 있는 지구력과 체력도, 하루 동안 소
모할 수 있는 에너지도, 관리할 수 있는 지인의 머릿수도,
모두 자신만의 정해진 적정량이 있다. 정량을 초과하면
당연히 과부하가 걸리고 오류가 생긴다.

완전히 다른 세상을 보게 되었다

약 10개월 간 블로그에 꾸준히 글을 썼다. 변화는 느렸지만 나는 매일 성장했다. 몰랐던 나의 새로운 모습을 알아가고 어렴풋이 알고 있었던 것은 더 구체적으로 배워갔다. 내향적이고 민감하고 독특한 관심사를 가진 내 모습도 독특하면 독특한 대로, 다르면 다른 대로 조금씩 좋아졌다. 1년 전이나 지금이나 나는 크게 달라지지 않았다. 여전히 민감하고 남들이 재미있다는 90%가 무덤덤하며 생각도 많고 혼자를 좋아하는 성향도 변하지 않았다. 키가 커지지도, 얼굴이 달라지지도, 눈동자 색깔이 변하지도, 눈썹 모양이 바뀌지도 않았다. 6개월 전이나 후나 친구는 여전히 "넌 그대로구나." 라고 말한다.

하지만 그 동안 나는 참 많이 변했다. 쇼핑을 하지 않고, 술도 마시지 않고, 소유하던 물건의 90퍼센트를 처분했다. 1년째 바닥 취침을 하고 있고, 매일같이 운동을 하게 되었다. 출판을 했고 내 이름으로 된 책이 세상에 있다. 내키지 않는 일은 거절하고, 불편한 만남은 갖지 않으며 하고 싶은 일, 끌리는 일을 그냥 한다.

난 여전히 비슷한 사람이다. 친구들 눈에 비친 내 모습은 자신들에게 익숙한 그 모습 그대로다. 하지만 내 눈에 비친 세상은 많이 달라져 있었다. 친구, 가족, 관계, 주변, 어느 것 하나 같은 게 없었다. 길에 핀 꽃, 한강변의 오리떼, 날아다니는 잠자리마저도 달리 보였다. 내 눈에 비친 세상은 너무 많이 변했다.

예전엔 성장이란 오로지 '나'의 변화라고 생각했다. 지식의 부피가 늘거나 인격이 진보하거나, 아름다워지거나, 장기가 노련해지거나, 자아가 성숙해지는 일이 곧 성장이라고 믿었다. 그러나 축적된 시간은 전부 그 자체가 성장이었다. 때로는 성장이란 눈에 보이지도, 귀로 들을 수도, 손으로 잡을 수도 없을 때가 있다. 어쩌면 그 순간 내가 가장 깊이 있는 발전을 일구고 있었는지도 모른다.

일생을 통틀어 가장 많은 성장을 한 지난 1년, '나'의 변화를 수치로 환산해보면 사실상 큰 차이가 없다. 나이도 고작 한 살 더 먹었고 내가 나서서 이야기하지 않으면 내가 경험한 변화를 그 누구도 눈치채지 못한다. 하지만 세상을 바라보는 방식의 변화가 더 큰 성장이었다. 달라진 내 모습보다, 완전히 다른 세상을 볼 수 있게 해준 나의 태도를 더 칭찬하고 싶다. 아무것도 달라지지 않아도, 어떤 각도에서 보느냐에 따라 눈에 담는 풍경이 달라진다. 개인의 변화만이, 눈에 보이는 수치상의 성장만이 다가 아니다. 성장이란 누군가 판단할 수 있는 게 아니다. 오감으로 스스로 느끼는 것은 모두 성장이다.

소비주의를 거부한다

오늘날 물질은 생존을 영위하는 수단을 넘어서 우리의 정체성, 신념, 나아가 존재의 이유가 되었다. 21세기 새로운 지배자로 부상한 광고주, 자본가, 거대 주주들은 미디어와 광고로 우리의 정신을 지배하고 사회를 주도한다. 욕망은 옳다고 외치고, 더 가지고자 하는 우리의 마음이 정답이고 정의라고 속삭인다. 그렇게 세뇌당한 우리 사회의 성공 기준은 오직 누가 더 많이 가졌냐가 되었다.

더 가져야 이긴다는 공식, 더 가져야 성공한다는 사회의 기준에 따라 우리는 자연을 끝도 없이 해하면서도 죄책감조차 느끼지 않는다. 밥상 위에 올라오는 스테이크, 돈가스, 생선조림이 어디에서 어떻게 키워지고 가공되어서 식탁까지 오게 됐는지도 알지 못한 채 의식 없이 그냥 먹는다. 생각 없이 쓰고 버리는 플라스틱, 옷, 온갖 썩지도 않는 쓰레기들은 도대체 어디로 가는지조차 모른다.

행복을 가져다줄 성공을 위해, 사회가 말하는 공식을 따랐을 뿐인데, 우리를 기다리는 건 재앙이다. 현재 행복할지라도 그것이 우리가 사는 환경과 후손의 미래를 위협한다면, 분명 그 규칙과 기준 등은 모두 다시 정해야 한다.

주변에서 일어나는 문제를 해결하기 위해 인지하고, 함께 고민하고 행동한다면, 사회에서 세뇌당한 타락한 소비주의로부터 조금씩 자유로워진다. 우리에게 필요한 건 또 다른 사치품과 물질, 값비싼 쓰레기들이 아닌, 전해받는 따뜻한 사랑, 함께 주고받는 소속감, 인정, 가치관의 공유다.

부를 거머쥔 자들이 두려워하는 건 경쟁자들이 아니다. 그들이 진정으로 두려워하는 건, 더 이상 사람들이 광고에, 소문에, 미디어에 귀를 기울이지 않는 것이다. 소비주의에 당당하게 고개를 돌리고 아니라고 답하고,

아무리 떠들어도, 주리를 비틀어도, 자신이 생각하는 정의로운 인생, 인간다운 신념을 지키면서 할 일을 하는 사람들이다.

적당한 거리를 둔다

나는 그 누구와도 적당히 거리를 유지한다. 안전 거리
를 확보하면 서로에게 좋다. 친밀함이 독이 되어 관계를
해칠 수도 있기 때문이다. 거리감이 느껴지지 않을 정도
의 안전 거리는 누구든 지킬 수 있다.

자주 보지 않고, 매일 연락하지 않고, 좋은 이야기만
해줄 것. 이렇게 세 가지만 지켜도 마찰이 잘 생기지 않
는다. 언제 봐도 늘 반갑고 만나기 전에 살짝 설레기까지
한다.

깊고 소중한 관계일수록 더 신중하게 지키려고 한다.
거리 두기는 관계에 대한 나의 가치관이다. 나를 인격적
으로 존중하는 친구는 나의 가치관까지도 너그럽게 수용

해준다.

　나는 가까운 관계일수록 더 조심스럽게 대하고 말과 행동 모두 더 신중해져야 한다고 강하게 믿는다. 애써 상대방의 비위를 맞출 필요는 없지만, 불필요한 솔직함으로 상대방의 마음을 아프게 해서도 안 된다. 중요한 사람은 한 번 잃으면 다시 되찾기 어렵고, 한 번 생긴 상처는 오랫동안 관계를 서먹하게 만든다. 영원히 예전으로 돌아갈 수 없을지도 모른다.

　만나면 늘 긍정적인 기운을 가득 주려고 노력한다. 아끼고 사랑하는 마음만 듬뿍 담아 건네주려고 한다. 친한 사이는 굳이 말하지 않아도 곁에 오래 머물다보면, 서로의 미묘한 감정 변화를 느낄 수 있다. '아프다'고 말하기 전에 토닥여줄 준비를 하게 된다. 친한 사이는 언제 만나도 거리감이 느껴지지 않고 친근하다. 어제 본 것처럼 대화가 물 흐르듯 흘러가고 어색함과 공백은 느껴지지 않는다. 안전 거리는 어색한 거리감이 아니다. 안전 거리는 친밀함을 더 아름다운 친밀함으로 만들기 위한 하나의 장치다. 소중한 사람을 지켜주기 위한 보험이다.

　나는 너무 가까이 다가오면 경계하고 조금 멀찍이 떨어진다. 결코 쉬운 일이 아니다. 친해질수록 가까이 다가

가고 싶은 게 사람의 본능이다. 이 사람의 일거수일투족을 알고 싶은 호기심이 피어오른다. 그러나 소중한 친구와 사랑하는 사람을 다치게 하고 싶지 않다. 본능을 좇아 마음이 이끌리는 대로 행동하고 표현하다보면, 상대방의 마음도 보이지 않고, 어느새 내 마음조차도 헤아릴 수 없게 된다. 서운하고 상처받고 화나고 슬픈 날이 많아지면서 내 마음을 알아줬으면 하는 기대감이 날로 커진다. 그리고 매번 실망한다.

가까이 다가갈수록 점점 더 멀어진다. 그래서 나는 거리두기를 고수한다. 상대방은 어쩌면 생각하는 것보다 훨씬 나를 소중하게 대하고 있는지도 모른다. 소중하게 생각하기 때문에 말과 행동을 최대한 아끼는 것이다. 관계를 지키고자 하는 강한 책임감에서 비롯된 것이지, 이 거리는 절대 거절의 신호가 아니다. 성급함은 모든 일을 그르치기도 한다.

조언하지 않는다

나는 세상에서 가장 무서운 게 조언이라고 생각한다. 삶에서 선택해야 할 단 한 가지 삶의 지혜가 있다면, 그것 또한 '조언하지 말 것'이다. 조언을 실질적으로 귀 기울여 듣는 사람은 없다. 대부분의 사람들은 조언을 구한다는 포장을 둘렀지만, 사실상 답이 정해진 하소연을 하고 싶을 뿐이다.

도움이 필요하지 않은 사람에게는 인생을 바꿀 레시피를 쥐어줘도 결국 무용지물이다. 진심 어린 조언, 걱정 어린 말, 결국 다 쓸데없다. 건강은 잃기 전에 관리해야 하고, 공부는 열심히 하면 성적이 오르고, 적게 먹고 꾸준히 운동하면 살이 빠진다는 불변의 진리를 모르는 사람은 없다.

그럼에도 아직까지 많은 사람들은 건강을 잃고 나서야 허둥지둥 운동하고, 잘 챙겨 먹고, 술과 담배를 줄인다. 방법을 몰라서 못하는 게 아니고 알지만 안 하는 것이다. 이루고 싶은 사람은 어떤 장애물 앞에서도 이루게 돼 있고, 간절하지 않은 사람은 사방에서 도움을 줘도 도달할 수 없다. 의지는 있지만 방법을 모르는 사람은 어떻게 해서든 방법을 스스로 모색한다.

나는 조울증과 가족에 대한 애착 부재로 몇 년간 힘든 시기를 겪었다. 하지만 가족과의 인연은 무조건 유지해야 한다는 확고한 목표가 있었기 때문에 할 수 있는 모든 방법을 동원했다. 스스로 헤쳐나가려고 위기를 극복한 사람들의 이야기를 읽고, 현명한 사람들이 따른 삶의 철학을 학습했다. 금지된 영역이라고 생각한 '상담'에 대한 편견도 철저하게 내 힘으로 무너뜨렸다. 이루고자 하는 간절한 마음과 노력이 있으면, 나를 가로막는 장벽도 속수무책이다. 사람은 결국 자기가 하고 싶은 대로 한다. 내 안에서 어떤 깨달음의 불씨가 켜지지 않는 한, 변화의 움직임은 일어나지 않는다.

기침이 자꾸 난다면서 요즘 기관지가 안 좋아진 것 같

다고 말하지만, 사실 이 말은 힘들다는 하소연이지 문제를 해결하고 싶다는 의지 표명이 아니다. 아직 담배를 끊지 못한 사람은 경각심을 덜 느꼈거나, 담배를 끊을 생각이 없는 사람이다. 아무리 흡연의 위험성을 경고하고 금연, 금주 하라고 권유해도, '귀찮은 잔소리' 일 뿐이다.

답이 정해져 있는 하소연에는 그냥 공감만 해주면 된다. 이미 여정에 올라 극복하는 과정에 있거나, 꿈을 이루는 중인 사람이라면 곁에서 힘내라고 응원해주고, 잘할 수 있다고 자신감을 심어주는 걸로 충분하다.

문제를 해결하려고 노력하는 사람은 조언을 구하지 않는다. 하다 하다 안 되면 방법에 문제가 있는지, 스스로 고민해보다가 진지하게 고민을 토로할 수는 있다. 보통은 비슷한 고민을 했거나 같은 문제를 겪으며 먼저 극복한 사람에게 묻는다. 그럴 때는 조용하지만 확신 있게 내 이야기를 들려줘도 된다.

때로는 조언보다 말없는 응원이 상대방의 마음을 더 울린다. 변화할 사람은 스스로 변화를 만든다. 자신이 마치 '선생님' 이라도 된 것처럼 남을 교화시킬 수 있다는 자신감을 버리자. 오만이다. 변화하라는 말 백 마디보다 변화된 삶 그 자체가 그 어떤 조언보다 더 설득력 있는 조언이다.

최고의 조언은 말이 없다. 행동 그 자체가 조언이기 때문이다. 《심플하게 산다》의 도미니크 로로는 어떤 원칙을 가지고 있는지 자랑하지 말고, 그 원칙을 따르며 사는 모습을 보여주라고 한다. 어떻게 먹는 게 바른 것인지 가르치려 하지 말고, 스스로 바르게 먹자는 거다. 깨끗한 환경도 마찬가지다. 길에 꽁초를 버리고 쓰레기 분리 수거를 제대로 하지 않는 사람을 비난하기 전에, 그동안 환경을 위해 내가 한 일이 무엇이 있을까를 먼저 떠올려야 한다. 깨끗한 환경은 나로부터 시작한다는 인식이 그 어떤 주장보다 더 묵직한 경각심을 일깨운다.

괜한 조언은 화만 부른다. 어떻게 살아야 한다고 설교를 늘어놓고 싶으면, 상대방의 삶을 책임질 각오부터 해야 한다. 차라리 어설픈 위로가 낫다. 어깨 위에 손을 올려서 토닥토닥 등을 두드려주고, 말없이 안아주는 게 무책임한 조언보다 낫다.

딱히 취향이랄 게 없다

나는 취향이 없다. 선호하는 디자인도 브랜드도 패턴
도 장식도 없다. 인테리어를 하지 않고 늘 무난한 스타일
만 고집하는 이유도 특별히 확고한 취향이랄 게 없어서
가 아닐까 싶다.

'반드시 이 디자인이어야 한다' 든지, 특정 브랜드 제
품을 고집하지도 않는다. 고수하는 확고한 취향이 없다.
의복은 필요해지면 산다. 비슷한 디자인과 소재라면 택
에 붙어 있는 브랜드는 중요하지 않다.

모양이 어찌 됐든 기능에 충실하다면 내게 양품이다.
감각적이지 않아도, 현대적인 고급스러움이 없어도 상관
없다. 평범한 물건도 관리하는 사람에 따라 얼마든지 고

급이 될 수 있다는 게 내 생각이다. 쓰던 물건을 디자인 때문에 바꾸는 일은 없다. 무채색과 기본형을 추구하는 이유는 특별히 취향이라기보다, 단순히 오래 쓰고 싶기 때문이다. 그릇이나 침구, 가구는 단색에 평범한 디자인을 산다. 몇 번 쓰다 질려서 낭비하게 되는 상황을 피하고 싶기 때문이다. 패션과 인테리어는 나를 표현하는 수단이라고 하지만, 취향이 없는 사람에게도 스타일은 존재한다. 취향이 없는 게 내 취향이다.

무색, 무취, 무디자인도 취향이 될 수 있다면, 내 취향은 빌 공(空)쯤 되겠다. 그릇 취향, 가구 취향도 없다. 그릇은 음식을 담아 먹는 기능에 충실하면 그걸로 만족이다. 가구는 다리가 달려 있고 가볍게 이동할 수만 있으면 된다. 눈을 번쩍 뜨이게 하는 특별히 예뻐 보이는 디자인도 없다.

인테리어, 패션, 화장은 취향이 두드러지는 분야다. 하지만 나는 정말이지, 그 어떤 물건을 봐도, 취향을 저격당했다거나, 사지 않고 베기지 못한 적이 없다. 특별히 선호하는 화장품 브랜드도 없다. 선호하는 디자인도 없다. 피부색과 잘 어울리는 색깔은 이미 알고 있어서 립스틱도 한 개 뿐이다.

취향이 내 정체성을 결정하지는 않는다. 물건에 대한 취향만 취향이 아니다. 나는 목적 의식이나 가치관은 굉장히 뚜렷한 편이다. 또 즐기는 운동과 선호하는 음식도 확고하다. 단지 꾸미는 분야에 둔감할 뿐이다. 광고로 도배된 세상은 취향 없는 사람을 재미없는 사람으로 치부한다. 취향을 가져야 광고의 타겟이 되기 쉽고, 그만큼 미디어가 효과적으로 소비자를 구슬릴 수 있기 때문이다.

현대 사회는 취향을 강요한다. 북유럽풍 인테리어, 아일랜드식 테이블, 이케아 스타일, 미니멀 디자인… 삶의 방식과 지역을 칼로 잘라, 개인의 취향을 재단하고 분류해서 소비할 수 있는 모든 물건을 맞춤형으로 디자인해서 판매한다. 트랜드를 만들고 스타일에 이름을 붙이는 것도 같은 맥락이다.

나는 취향이 없는 나의 취향을 끝까지 지켜낼 생각이다. 트랜드와 마케팅에 강요당해 없는 스타일까지 억지로 만들어내면서 광고의 순진한 타겟이 되지 않겠다. 취향이란 애초에 나를 꾸미는 장식물로 만들 수 없다. 확고한 취향은 소박한 옷차림과 수수한 겉모습으로도 말투나 어울리는 주변인들만 보아도 대번에 알 수 있다.

4부

나의 변화

청소가 쉬워졌다

걸레질과 청소기를 돌리는 일은 일상 속 하나의 의식이다. 날을 잡아 청소를 한다든지, 지저분한 방에서 해방되기 위해 정리 정돈을 하는 일은 더 이상 없다. 물건이 없는 환경의 가장 큰 장점은 정리로부터 자유로워지는 것이다.

나는 오전에 한 번, 오후에 한 번 청소기를 돌리고, 매일 저녁마다 걸레질을 한다. 또 이틀에 한 번은 화장실 청소와 다림질, 그리고 운동화를 세탁한다. 청소 상태는 언제나 완벽에 가깝다.

사실 나는 부지런하지도 않고, 정리와 청소에 소질도 없다. 과거에 청소란 번거롭고 성가신 일과이자 어떻게

든 미루고 싶은 귀찮은 의무였다. 이런 내가 아침 저녁으로 청소를 하고, 반짝반짝 빛나는 화장실을 유지하며, 집 안일을 꼼꼼하게 돌보고 있다. 청소가 귀찮은 노동이 아닌 즐거운 여가 활동이자 특기가 되었다.

변화의 비결은 낮아진 청소의 허들이다. 집은 좁고 물건이 많지 않다. 물건이 없으니 좀처럼 어질러질 수 없고 면적이 좁으니 청소가 빠르고 간편하다. 제자리에 물건이 없으면 눈에 바로 띄고 청소를 하면 금세 집이 환해진다. 조금만 노력을 들여도 변화가 명확하니 청소가 자꾸하고 싶어진다.

예전에는 매일 청소를 한다는 것은 상상도 못했다. 미루고 미루다 도저히 먼지 구덩이에서 더 살지 못하겠다 싶을 때 했다. 지금은 바닥에 놓여진 물건도 없고, 가구도 없다. 청소기로 슥슥 몇 번 밀고 물걸레로 한번 닦아주면 하루 종일 청결한 상태로 유지된다. 먼지가 쌓일 새없이 다음 날이면 같은 방법으로 청소를 한다. 채 10분도 걸리지 않는다.

청소기를 돌리기 위해 물건을 치울 필요도 없고 엉망진창이 되어봤자 한두 가지 물건이 나뒹구는 정도다. 빨래를 하기 위해 옷정리를 하고 옷장에 공간을 만드는 수

고도 없다.

매일같이 깨끗한 화장실을 보고 있으면 사소한 지저분함도 견딜 수 없게 된다. 옥의 티처럼 작은 먼지도 눈에 쉽게 들어오기 때문이다. 청소가 쉬워지고 재미가 붙어 먼지 쌓일 새 없이 자꾸만 쓸고 닦고 광을 내게 된다. 어느덧 공간의 청결 상태는 늘 최상을 유지하게 되었다.

눈치채지 못할 정도로 자연스럽게 서서히 청소의 달인으로 거듭났다. 광이 나는 집에 살다보니 좀처럼 어지럽게 내버려둘 수가 없다. 티 없는 옥과 같은 집에 매일 살다보니, 스크래치를 내지 않도록 행동에 정리 정돈이 묻어나게 된다.

깨끗한 공간을 한 번 체험해보면, 이 상태를 지키고 싶다는 생각이 강해진다. 어질러도 어질러질 수 없을 만큼 소유의 무게를 덜면 깨끗한 공간을 체험할 기회가 늘어난다. 그렇게 살기 시작한 깨끗한 공간은 정리의 선순환을 불러와, 어느덧 아침 저녁으로 청소를 습관처럼 하는 사람이 되었다.

요리사들은 칼을 갈면서 마음을 정돈한다고 한다. 나 또한 마음을 닦아내는 시간을 종종 가진다. 글쓰기, 명상, 독서, 필사 등 여러 가지 방법이 있지만 청소는 그중에서도 으뜸이다. 청소기와 걸레를 손에 들고 있으면 어느새 잡념이 줄어들어 마음이 차분해지고 머릿속이 개운해진다.

청소의 즐거움을 영영 발견하지 못했을 수도 있다. 청소가 쉬워지고 즐거워지지 않았더라면 지금처럼 쾌적한 공간은 엄두도 못 냈겠지. 작은 생활의 긍정성은 시도 때도 없이 느끼지만 오늘따라 새삼 더 강하게 느껴진다.

물건을 줄이기 정말 잘했구나!

포장과 샘플을 사양한다

미니멀리스트로 살다보면 사양할 일이 참 많아진다. 점원이 추천해주는 행사 제품, 하나 더 사면 사은품을 준다는 영업, 거리를 지나다니며 마주치는 수많은 홍보용 전단… 이 모든 것들이 나와는 상관없는 일들이다.

장을 보거나 쇼핑을 할 때는 항시 장바구니를 챙긴다. 덕분에 비닐 봉지로부터 자유로워졌다. 화장품을 구입하는 시기는 일 년에 약 2번 정도. 립스틱은 사실 하나를 전부 다 쓴 적이 거의 없다. 중간에 부러지거나 발색력이 떨어져서 2/3 정도 쓰다 늘 처분한다. 실상 부러지지 않거나 발색력이 유지된다면 아마 1, 2년은 거뜬히 쓸 것이다. 동이 난 립스틱과 비비크림, 로션을 사기 위해 1년에 한두 번 화장품 가게를 갈 때도 샘플은 전부 사양한다. 영수증도 받지 않고, 포장도 하지 않고, 제품만 받아간다. 자동 반사적으로 어딜 가든 습관처럼 입에 달고 사는 말이 생긴다.

"영수증은 버려주세요."
"샘플 안 주셔도 됩니다."
"마시고 갈 거니까 음료는 머그잔에 담아주세요."
"포인트 카드 없습니다. 안 만들어주셔도 됩니다."
"봉투 필요 없습니다. 안 담아주셔도 돼요."

익숙해지다보면 귀찮지도 않다. 수많은 포장 쓰레기, 영수증 더미, 사용하지 않는 샘플로부터 자유로워졌다.

선물을 하지 않는다

나는 더 이상 물질로 선물을 하지 않는다. 밥을 한 끼 사주거나 영화를 함께 본다. 얼마 전 친구의 생일을 맞아 그녀의 이름으로 기부를 선물했다. 멀리 해외에 사는 친구라 만나서 축하해줄 수도 없고 밥을 함께 먹을 수도 없지만, 어떻게든 축하하는 마음을 전달하고 싶었다. 신발이 없는 아동들에게 신발을 한 켤레 보내주는 기부 선물이었다.

기부는 참 좋은 선물이다. 받는 사람도, 선물하는 사람도 기분이 좋다. 형체는 없지만 어떤 물건보다 값지다. 생일날 누군가가 나의 이름으로 어려운 사람들을 도왔다고 한다면, 기분 나빠할 사람은 없다. 베풂과 나눔은 정말 신기하다. 주는 사람이 받는 사람보다 더 행복하다. 사실 기부는 '나' 좋으라고 하는 것이다. 커피 몇 잔 안 마시면 될 돈으로 누군가의 생명을, 소년 소녀의 꿈을 이뤄줄 수 있다는 건, 기쁨이자 축복이다.

친구의 생일을 직접 축하해주지는 못했지만, 그 어느 해보다 아끼는 마음을 잘 전달한 것 같다는 생각이 든다.

혼자를 즐기게 되었다

　과거에는 외향적인 사람, 또는 항상 사람에게 둘러싸여 있는 사람이 성공한 인생의 표본이라고 생각했다. 왁자지껄한 트렌드를 쫓아야 비로소 젊은 사람 다운 기운을 가진다 생각했다. 어디서부터 비롯된 생각인지는 모르나, 나는 압박감에 짓눌려 할로윈, 크리스마스, 새해맞이, 생일 모두 최대한 떠들썩하고 함께 어울리며 돈, 사람, 시간을 소비하며 보내야 한다는 강박에 사로잡혀 있었다.

　하지만 더는 나의 내향성을 부정하지 않는다. 혼자가 좋고, 혼자만의 시간에서 행복을 느낀다. 인간은 사회적인 동물이라고 하지만, 간혹 동굴이 필요한 나와 같은 소수의 사람들도 있는 법이다.

무한한 자신감이 생겨났다

누군가 내게 마음만 먹으면 지구도 부술 수 있을 것 같은 기운이 느껴진다고 했다. 정말이다. 토르의 황금 망치처럼 미니멀리즘은 내게 불멸의 무기를 쥐어주었다. 근원을 알 수 없는 힘이 불끈불끈 솟아난다. 불가능하게만 보였던 일을 가능하게 만들었고 당연한 걸 당연하게 받아들이지 않은 프라이드 덕분이었을까. 그 누구도 걷지 않은 길을 혼자 힘으로 닦았다는 성취감이 솟아났다. 나는 어깨에 작은 날개가 돋아난 듯한 기분이 든다.

미니멀리즘이 내 마음에 심어준 희망의 싹은 무수히 많지만, 그중 하나를 꼽으라면, 단연 내 자신을 너무도 또렷하게 알게 됐다는 점이다. 나는 어떤 사람이고, 무슨 취향을 가졌으며, 가치관과 궁극적 지향점은 무엇인지, 나를 너무도 잘 알게 되었다. 그리고 그런 내 모습을 아주 많이 사랑하게 되었다.

수면의 질이 향상되었다

생활 전반에 걸친 자기 관리가 쉬워졌다. 알람은 설정 해놓지만 알람이 울리기 전에 기상한다. 잠이 드는 시간 도 늘 엇비슷하다. 자기 전에는 휴대폰을 비롯해, 인터 넷, 모든 전자 통신 기기의 전원을 끈다. 이 또한 내가 삶 속 다운사이징을 실천하는 방법 중 하나다. 오프라인과 함께 온라인 세상 속 내가 휴식 모드로 전환되면, 생각의 스위치도 전원이 꺼진다. 머릿속도 낮에 깨어 있는 동안 열심히 활동했으니, 수면하는 동안은 휴식기다.

잠자리에 누우면 곧장 잠에 든다. 뒤척임도 거의 없다. 취침 시간은 늘 12시에서 1시 사이, 기상 시간은 7시에서 8시 언저리다. 이를 벗어나는 경우는 거의 없다. 정돈된 공간은 수면에 방해가 되는 요소를 차단한다. 스마트폰 불빛, 시계 초침 소리, 고민, 생각까지… 가능하면 잠에 드는 순간만큼은 모든 빛과 소리로부터 나를 분리시킨다. 물건이 사라진 공간은 고요하고 가볍다.

독서법이 바뀌었다

책 한 권을 여러 번 읽는다. 예전에는 읽고 싶은 책도 많았고 읽어야 할 책의 목록도 백여 가지나 되었다. 소유욕도 덩달아 증식했다. 도서관을 가면 항상 읽고 싶은 책을 대여섯 권 팔 한 가득 힘겹게 자리로 가져와 옆에 쌓아놓고 읽곤 했다. 그 결과 한 권도 제대로 읽지 못했다.

지금은 읽고 싶은 책은 없다. 반드시 읽어야 할 책도 없다. 관심이 생기는 책은 사진을 찍어놓거나 메모를 해둔다. 그리고는 바로 도서관이나 서점에 가서 읽거나 전자책을 구입한다. 그리고 틈나는 대로 읽고 또 읽는다. 책을 책장에 꽂아놓기보다 의식적으로 늘 곁에 두기 위해 유념한다. 전부 다 읽거나 흥미가 떨어지면 반납한다.

한 번에 여러 책을 읽지 않는다. 2주에 한 번 꼴로 도서관에서 대출을 하고, 한 권 이상 절대 빌려오지 않는다. 책 한 권을 빌리면 수차례 반복해서 읽는다. 순차적으로 처음부터 끝까지 읽기도 하고, 중간중간에 잡히는 대로 읽고 싶은 부분만 반복해서 읽기도 한다. 기억하고 싶은 부분은 메모도 하고, 포스트잇도 붙이면서 나의 일부처럼 완벽하게 내 것으로 만든다. 책 한 권을 오랫동안 잡고 있으면 여러 권을 단발적으로 읽는 것보다 훨씬 효과적이다. 책의 내용을 기억하고 자신의 언어로 재가공할 수 있다.

옷 욕심이 사라졌다

옷을 다운사이징한 이후 약 1년이 지났지만 옷장의 사이즈는 조금도 늘지 않았다. 오히려 조금 줄어들었다.

다운사이징을 했던 그날 나는 최근 한 달 간 입은 옷을 먼저 추렸다. 더운 시즌과 추운 시즌으로 나눠 매일같이 입었던 옷의 기억을 더듬어 7, 8벌 가량만 남기고 전부 처분했다. 불편함은 없었다. 매일 입었던 옷들이기에 아침에 눈을 떠 옷을 고를 때도 가장 먼저 손이 갔고 편안했으며 차림새도 단정했다. 옷장에 남은 옷을 몇 달 간 입으며 서서히 깨달았다. 이 옷들은 모두 어느 정도 일맥상통하는 느낌이 있다는 것을. 그렇게 내가 즐겨 입는 옷, 내가 좋아하는 취향의 옷차림을 알게 되었다. 그 이후로 나는 옷을 잘 사지 않지만, 새로 사야 할 일이 생겨도 고민을 하지 않게 되었다.

지금은 상하의 10벌 가량, 외투 대여섯 벌이면 충분히 옷으로 누릴 수 있는 아름다움과 삶의 만족이 충족된다. 무엇이 어디에 있는지 찾을 수도 없고, 매번 새 옷을 갈망했던 과거보다 당연히 행복의 부피도 생활의 여유도 늘어났다. 스트레스는 줄고 삶의 질은 향상되었다. 빨랫감도 줄고, 세탁비도 많이 들지 않는다. 상하의 7벌씩만 가지고 있어도 한 주 동안 매일 다른 옷을 입을 수 있다.

내게 의복이란 다양하고 트렌디한 많은 양의 옷보다 단정하게 잘 관리된 나의 모습을 드러내는 장치다. 내게 외모 관리란 화장품과 액세서리를 활용한 꾸미기가 아닌, 운동으로 다져진 건강한 몸과 마음, 자연을 닮은 밥상과 균형 잡힌 생활 습관이고, 명상과 독서로 풍부해진 내면 세계다.

옷장의 크기는 항상 소박하게 유지하려고 한다. 옷이 많아지면 그만큼 고민해야 할 선택지도 늘어난다. 옷이 적으면 고민하지 않고 속전속결로 가뿐한 아침을 보낼 수 있다. 어차피 입는 옷은 늘 정해져 있다.

경제적인 불안이 줄었다

　매번 무언가를 사야 한다는 압박과 강박이 사라지면 경제적으로 여유로워진다. 따라서 미래에 대한 불안도 없다.

　전반적인 씀씀이도 줄었지만, 돈을 현명하게 저축하고 관리한다. 수입의 60퍼센트는 저축하고, 무의식으로 소비하는 행동은 사라졌다. 돈을 쓰고 자책하거나 후회하는 일도 없고 모든 소비와 지출에 뿌듯함과 만족감을 느끼니, 돈을 버는 일도 즐겁고, 돈을 쓰는 일도 자신감이 넘친다. 돈이란 내게 자유를 충족하고 꿈을 이루는 하나의 수단이다. 긍정적으로 돈을 보기 시작했다.

　나의 삶을 향상하기 위해 쓰는 돈은 당연히 친구

같은 존재다. 미래를 옥죄거나 현재를 희생하게 만드는 존재가 아니다.

관계를 우선시하게 되었다

갈등이나 문제에 봉착하면 본질적인 해결책을 찾는다. 갈등이 생기면 대화를 시도하되 억지로 화해를 요구하거나, 내 잘못을 감추지 않는다. 이 관계가 대화로 풀어서 유지할 만큼 내게 이롭고 건강한 존재인지 질문한다. 유지해서 좋은 관계가 있고, 애초에 독인 관계가 있다. 과거에는 주변 인연 모두를 안고 가기 위해 노력했다. 안면이 있는 사이거나 함께한 세월이 길다면, 나를 힘들게 해도 만남이 전 같지 않아도 연락을 꺼리게 되는 나 자신을 지우고 어떻게든 연을 이어가려고 했다.

하지만 아무리 노력해도 내 마음 속에서 이미 한 번 끊어진 감정의 줄은 다시 연결되지 않았다. 갈등의 골은 점점 깊어졌고 그 사람의 단점밖에 볼 수 없었다. 단점은 점점 더 크게 와닿고, 매순간 새로운 단점을 발견하기까지 했다. 이제는 괴로움만 남는 만남에 연연해하지 않는다. 놓아야할 때는 놓는 게 때로는 더 건강한 관계 형성의 기초가 된다. 관계를 어떻게 이어 붙일까 고민하기 전에, 관계 자체의 의미를 생각한다.

음식에서 맛을 덜 추구하게 되었다

물건을 줄이고 쓰레기를 의식적으로 경계하다 보니 요리를 다양하게 하지 않게 됐다. 최소한의 재료로 조리 과정을 간소화해서 필요한 영양을 보충하고 적당히 포만감을 주는 요리가 내겐 더 매력적이다.

미각의 욕구를 충족시키는 맛있는 음식은 분명 있다. 나도 달고 짭짤한 음식을 갈망할 때가 있다. 하지만 '맛' 한 가지만 포기하면 얻을 수 있는 혜택이 정말 많다. 이 생각이 들면, 맛을 내려놓게 된다. 시간, 설거지를 하지 않는 편리함, 갖은 식재료와 양념을 사지 않아 줄어든 소비, 늘어난 부엌 공간, 가공 안 된 음식으로 강화된 면역력, 줄어든 쓰레기와 각종 조리 도구와 식재료의 부피, 정리가 필요 없는 냉장고… 그 이점은 끝이 없다.

물론 맛있는 요리를 다양하게 만들고, 또 먹어보는 즐거움이 곧 행복인 사람도 있지만 나처럼 깨끗한 환경과 건강을 더 높은 가치로 여기는 사람도 있다. 맛보다 더 중시하는 가치가 많아지면서 깨끗한 부엌, 청소하지 않아도 되는 간편함, 늘어난 시간 등을 얻는 대가로 나는 기꺼이 맛을 희생할 수 있게 되었다.

나는 늘상 먹는 음식이 고정되어 있다. 메뉴도 비슷하고 설거지도 하지 않는다. 장을 볼 때 무얼 살까 고민하지도 않고, 식재료와 세일 품목을 탐색하지도 않는다. 메뉴는 미리 짜놓고 사야 할 품목은 정해놓는다. 지출 금액도, 냉장고 속 식재료도 큰 변화가 없다.

쓰레기를 최소화할 수 있고, 조리 도구가 필요 없는 요리가 내가 선호하는 음식이다. 아침은 토스트 한 장과 땅콩버터, 오트밀을 먹는다. 끼니 개념도 없다. 배가 고프지 않으면 하루 반나절 내내 아무것도 안 먹기도 한다. 끼니 개념은 배꼽시계가 대신한다. 저녁은 항상 카레를 먹는다. 지겨워지면 된장찌개나 미역국을 먹기도 한다. 카레를 특별히 좋아하는 건 아니다. 그렇다고 싫어하지도 않는다. 내게 음식은 요리가 아닌 양식이다. 기력을 보충하고 영양분을 주는 기능을 하면 된다. 맛을 추구하지도 아름다운 플레이팅에 노력을 들이지도 않는다. 하지만 음식을 먹는 시간만큼은 경건한 의식처럼 집중해서 감사한 마음을 가지고 바른 자세로 먹는다.

카레는 우선 맛이 괜찮다. 그리고 요리 과정 없이 '조리' 만으로도 만들 수 있다. 그만큼 레시피랄 게 필요 없는 간편한 음식이다. 한 그릇 요리라 뒷정리도 쉽다. 채소를 풍부하게 먹을 수 있고 든든하게 배를 채워주는 포만감이 있다. 나는 육식도 즐기지 않고 기름도 쓰지 않는다. 그래서 영양에 더 세심한 신경을 쓴다. 녹색 채소와 탄수화물, 적정량의 지방, 단백질까지 모두 골고루 섭취하기 위해 노력한다. 카레는 이 모든 조건을 완벽하게 갖춘 음식이다. 한 가지 요리만 먹다보면 영양을 최우선으로 고려하게 된다. 영양에 대한 고민과 우려를 덜 수 있다.

매일 다른 요리를 먹어야 한다는 건 사회가 만들어낸 하나의 트렌드다. 매일 같은 음식을 먹는 것에 익숙해지면, 오히려 늘 레시피를 찾고 다양한 요리를 먹어야 한다는 사실에 의구심을 품게 된다. 나는 선택과 고민에 대한 열정을 모두 더 가치 있고 의미 있는 일에 투자하고 싶

다. 무엇을 먹고 입고는 내게 크게 중요한 가치가 아니
다. 건강한 식재료로 요리한 음식이라면 아무래도 상관
없다. 가정식이 아니어도 괜찮고, 간이 심심해도, 반찬이
하나뿐이어도 든든하게 속을 채웠다면 그걸로 됐다.

짜증이 줄었다

예전에 나는 짜증이 많은 사람이었다. 계획에 차질이 생기거나 동선이 꼬이거나 변수가 발생하면 신경이 날카로워지곤 했다. 하지만 왠일인지 의식하지 않는 사이에 화내고 짜증내는 빈도수가 현저하게 줄었다. 상황이 크게 변한 것도 아닌데 말이다.

마음 속 조급함이 사라지니, 확실히 여유가 많이 생겨 웬만한 일은 너그럽게 다 수용한다. 분노의 허들이 매우 낮았던 예전에는 사소한 일에도 언짢아하고 몰상식한 주변 상황에 쉽게 속이 상하곤 했다. 부정의 아이콘이었던 내가 무뎌지고 있다. 뾰족뾰족 모난 곳이 조금씩 뭉툭해졌다.

살면서 뜻하지 않은 예외적인 상황을 심심찮게 마주친다. 그럴 때마다 불쾌해하고 짜증내고 성질내면, 그건 분명 누구의 탓도 아닌 세상을 보는 내가 문제인 것이다. 무엇보다 짜증을 낸다고 상황이 변하지도, 변수가 묘수가 되지도 않는다. 나만 손해인 가성비 떨어지는 감정 소모다. 내가 짜증이 많았던 이유는 타고난 성격도 한몫했겠지만, 분명 여유 없고 뭐든 빨리빨리 재촉했던 사고방식이 기여를 했을 것이다.

여유가 늘어나니 짜증을 낼 이유가 사라진다. 어떤 변수도 나를 불쾌하게 하지 못한다. 친구가 약속 시간에 몇 분 늦어도 느긋하게 기다려줄 수 있게 되었다.

행복이 손에 잡힐 만큼 구체적이다

나는 행복을 정의할 수 있다. 한 치의 망설임도 없이 행복으로 가는 길을 그려낼 수 있다. 물론 나의 행복으로 가는 주관적인 지도다. 그 지도에는 육체와 정신의 성장, 영혼의 자유, 타인의 삶과 사회로의 긍정적 기여, 창의적인 직업 활동, 글로 남기는 나의 자취, 책과 음악, 글을 쓰고 생각을 할 수 있는 고요한 공간 등 수많은 구간이 있다.

행복을 구체적으로 정의 내릴 수 있는 사람은 길을 잃지 않는다. 내가 가진 지도는 매일매일 너덜거릴 만큼 자주 들여다봐서 확인하지 않아도 누구보다 잘 알고 있다. 고비와 난관에 부딪힐지라도 언제든 길을 잃지 않는다. 따라서 나는 행복하지 않을 이유가 없다.

선택해야 할 일이 줄었다

　내가 실천하고 있는 미니멀 라이프의 핵심은 두 가지다. 다운사이징과 싱글테스킹. 그중 선택지를 줄여주는 일등 공신이 바로 싱글테스킹이다. 싱글테스킹은 무엇이든 한 번에 한 가지만 한다는 뜻이다. 매일 같은 운동만 하면 밥 먹고 양치하듯 고민하지 않고 자연스럽게 생활 속 루틴으로 자리잡는다. 매일 같은 음식을 먹고 요일마다 정해진 옷을 입으며, 책 한 권을 긴 시간 반복해서 읽고 영화 한 편에 꽂히면 대사를 모두 외울 정도로 여러 번 본다.

　생활을 대하는 태도를 가볍고 단순하게 만들면 수만 가지의 선택으로부터 자유로워진다. 자질구레한 선택이 사라지면, 더 큰 선택 앞에서 아껴났던 신중함과 집중을 발휘할 수 있다. 모든 선택이 너무도 쉽고, 선택 후 돌아서서 후회하는 일도 없다. 설령 더 나은 선택이 있었다 한들, 그 당시 지금과 같은 선택을 했을 때는 그만한 이유가 있었을 것이고, 이를 최선이라 여기며 심사숙고했을 것이다. 돌아가서 더 나아 보이는 선택을 한들, 또 다른 후회와 미련은 남는다.

이제 내게 하루 동안 내려야 할 결정은 매우 한정적이다. 선택의 기로에서도 잘 망설이지 않는다. 물건을 사는 기준은 누구보다 명확하고, 어떤 일과 행동을 가르는 기준은 오로지 나의 행복이다.

죽음 앞에 초연해졌다

몇 해 살지는 않았지만, 나는 예전부터 죽음 앞에 두려움이 남들보다 적었다. 나의 아버지는 항상 '죽음' 두 글자만 봐도 두렵고 섬뜩하다고 하셨다. 하지만 나는 '죽음'이라는 글자에 거부감이 없을 뿐더러, 삶을 마감한다는 것은 인간이 누릴 수 있는 축복 중 하나라고 생각한다.

생활의 규모를 줄이고, 내면을 다스리는 데 기를 모은 뒤, 나는 죽음에 대한 긍정성이 점점 더 강해졌다. 평생을 불로, 불사한다는 것만 한 불행이 어디 있을까. 홀로 죽지도 않고 늙지도 않는다면, 주변 사람 모두 떠나보내고, 쓸쓸하게 모든 것을 뒤로하고 철저히 혼자가 될 것이다.

　나뿐만 아닌 70억 인구 모두가 평생 젊음을 유지한다면, 그보다 더 큰 불행도 없을 것이다. 인구는 비대해질 것이고, 행복도 평생 누리지만, 마찬가지로 불행 또한 평생 누려야 할 것이다. 때가 되면 생을 마감한다는 것은 살아 있는 동안의 시간을 더 충실하게 만드는 이유가 되며, 매순간을 소중하게 대하는 태도를 빚어내는 요소이기도 하다.

　나는 죽음이 두렵지 않다. 언제 죽어도 미련 따위 없다. 오늘 당장 죽어야 할 운명이라면, 담대하게 그 운명을 받아들이고 흔적 없이 이 세상을 떠날 수 있다. 지금 가진 재산, 내가 쌓아온 성취 또한 죽음 앞에서 웃으면서 반납할 자신이 있다. 충분히 행복한 순간을 많이 맛보았고, 이보다 더 큰 행복이 있다 한들, 죽음의 운명을 거스르면서까지 아쉬워하고 싶진 않다.

혼자의 시간도 두렵지 않다

나는 혼자의 시간도 두렵지 않다. 나 자신이 그 누구보다 나를 가장 적극적으로 지지하며, 어떤 존재보다 나의 잠재력을 믿는다. 혼자만의 시간을 오랫동안 지켜오면서, 스스로 즐거움을 추구할 수 있는 최상의 방법과 스스로의 힘으로 행복과 슬픔을 조절하고 극복할 수 있는 능력도 길렀다. 누군가의 업적을 등에 업고 의기양양해하지도 않고, 내가 할 수 없는 일을 타인의 힘에 기대지도 않는다.

텔레비전이나 잡지를 보며 누군가의 삶을 동경하지도 않는다. 나에게 나는 최고의 동기 부여이며, 나태하지 않게 조절하는 라이벌이기도 하다. 또 사랑하고 아껴줘야 할 가족이자 연인이며 친구다. 세상 사람 모두가 내게 등을 돌린다 해도, 나는 자괴감에 빠지지 않는다. 외롭긴 하겠지만, 외로움 나름에도 아름다움이 깃들여져 있다.

마치는글

지금까지 나는 내 행복의 부피가 커질 수 있다면 무엇이든 망설이지 않고 시도해왔다. 그중 미니멀리즘이 가장 효과가 뛰어났다.

나는 물건을 많이 가지고 있지 않지만 내가 가진 물건은 전부 하나가 열 이상의 몫을 해내는, 쓰임이 뛰어난 물건들이다. 그리고 이 물건들은 내게 짐이 아닌 삶의 가치를 더해주는 훌륭한 보조제다. 한 가지 물건으로 열 사람 몫을 해내는 문명의 도움으로 내 소유의 무게는 더 가벼워졌다.

물건을 가득가득 가졌던 그 어느 때보다 나는 자랑할

게 넘쳐나는 사람이 되었다. 변한 건 하나도 없다. 여전히 미숙하고 어리고 상처받고 실수하지만 파도처럼 행복이 밀려온다. 이상으로만 우러러보았던 삶의 생기가 매일매일 느껴진다.

앞으로도 이렇게 살고 싶다. 자유롭고 가볍게. 비우고 또 비워서 오직 내 존재 하나만으로 우뚝 서 있는 사람이고 싶다.

조그맣게 살 거야

1판 1쇄 발행 2018년 5월 10일
1판 6쇄 발행 2024년 4월 8일

지은이 진민영
펴낸이 김현정
펴낸곳 책읽는고양이/도서출판리수

등록 제4-389호.(2000년 1월 13일)
주소 서울시 성동구 행당로 76 110호
전화 2299-3703
팩스 2282-3152
홈페이지 www. risu. co. kr
이메일 risubook@hanmail. net

ISBN 979-11-86274-33-0 03810